LA DERNIÈRE
BALLE PERDUE

Libres
Collection dirigée par Erik Orsenna

JACQUES ROUBAUD

LA DERNIÈRE BALLE PERDUE

roman

Libres

Fayard

PREMIÈRE PARTIE

1933-1943

1

Son nom était Akapo, son prénom Laurent.

Il était né en 1933, le jour de la venue au pouvoir d'un certain Allemand, le chancelier Hitler.

Son père, John Akapo, n'apprécia pas du tout cette coïncidence.

Né en 1906, John Akapo était écossais par sa mère, lointainement basque du côté de son père.

Sa femme, Éléonore, avait une petite fortune familiale. Elle était blonde, d'un blond pâle. Elle était pâle aussi ; patiente, lente, mélancolique. Mettre Laurent au monde l'avait épuisée, moralement autant que physiquement. Elle était souvent dolente, saisie de violentes migraines. Laurent montait la voir dans la grande chambre, s'asseyait au bord du lit, lui tenait la main silencieusement, puis redescendait jouer. Il n'eut ni frère ni sœur.

Ils vivaient dans une villa du bord de l'océan, dans la ville de B., non loin de la frontière d'Espagne.

La maison était grande. Sur les plans de l'architecte elle était désignée comme « bungalow ». Le premier propriétaire, qui l'avait fait construire, au début du siècle, était un Anglais, un Lord. En l'honneur de la reine Victoria et de son époux chéri et regretté, le prince Albert, il l'avait voulue divisée en deux moitiés identiques, séparées par le milieu. La moitié de gauche portait, sur sa façade, le mot VOICI, avec une première lettre plus haute que les autres (le « V » de Victoria) ; la seconde, le mot VOILA, la dernière lettre du mot, le A (pour Albert) cette fois en évidence. L'origine de l'inscription avait été oubliée. On connaissait la maison, dans la ville, comme « la maison *Voici-Voilà* ».

En chacune de ses deux moitiés la villa avait deux étages, et beaucoup, beaucoup de pièces. Les Akapo vivaient presque exclusivement du côté *Voilà*. On passait du côté *Voici* par un corridor au premier étage, entre deux portes. Laurent mit très longtemps à identifier toutes les pièces et recoins de sa demeure. Parfois, il avait l'impression de ne pas s'y reconnaître, comme si on avait ajouté une chambre nouvelle pendant la nuit. Il y avait aussi une cave immense, profonde, froide, obscure, humide. Sa porte s'ouvrait dans la cuisine, à l'aide d'une lourde clef. On descendait un escalier tournant en pierre. Dans la cave, il y avait des casiers à bouteilles, et des araignées appliquées, des souris furtives. Les parents d'Éléonore, des commerçants en soie lyonnais, des « soyeux », avaient acheté la villa pour leur retraite, puis étaient morts l'un après l'autre involontairement, quoique encore jeunes. Éléonore avait hérité de la maison de B. ; la sœur aînée de sa mère, la grand-tante Jeanne, de celle de Lyon.

Le jardin était aux trois quarts bordé de murs qui s'escaladaient facilement. Au-delà, d'autres jardins d'autres villas ; d'un côté jusqu'à la campagne, des collines ; de l'autre, en descendant, jusqu'à la mer. Il y avait un peu de jardin derrière la maison et sur les côtés, un peu plus de jardin devant. Derrière, on découvrait un massif de framboisiers, des fleurs : dahlias, rosiers ; quelques plants de tomates. Devant, rien que des plantes ornementales ; et quelques arbres sages dans l'herbe, des tilleuls, des pommiers, des faux acacias, où venaient les merles, les mésanges, les moineaux. Tout était soigné, peigné, arrosé. En sortant de la maison par la porte de la véranda on descendait quelques marches, on prenait une allée ensablée entre deux petits murs surmontés de buis. Là, Éléonore avait établi une *bird-table*, un restaurant pour oiseaux. Elle y émiettait du pain, et même de la brioche. Laurent l'aidait. Très tôt les matins de printemps ou d'été, les oiseaux s'attablaient avec alacrité, commentant le menu du jour. Si par hasard elle avait oublié de dresser la table, leurs réclamations indignées s'élevaient jusqu'aux fenêtres de la maison. L'entrée, le portail, le garage étaient à gauche. En face, vers le parc de la villa voisine, il y avait une haie de roseaux appuyée sur des grillages. Entre les roseaux passaient silencieux les chats, attirés par la présence de tant d'oiseaux, leurs intentions on ne peut plus claires, prédatrices. Éléonore ne savait que faire. Elle les grondait, les chassait, mais ils revenaient toujours.

— Tu vois, disait John à Laurent, les actions les plus nobles ont souvent des conséquences imprévues.

Laurent ne prenait pas parti : il aimait les mésanges ; mais il aimait aussi les chats.

À quatre ans Laurent eut sa chambre, au second étage, au plafond en pente, sous le toit. Une grande chambre. Il ne la quitta jamais. De son lit, en s'éveillant brusquement, il lui semblait voir la grande fenêtre s'approcher, jusqu'à toucher de ses vitres ses yeux. Dans le demi-sommeil de l'aube, il entendait les pigeons marcher, et les mouettes se disputer, sans aucune discrétion, juste au-dessus de sa tête. L'océan lui parlait sans cesse, de loin, à voix plus ou moins forte, selon le vent. Les pluies violentes venaient en bourrasques obliques, en « grains », bombardaient en piqué les tuiles, les carreaux, tels des tirs de mitrailleuse de stukas allemands, de *spitfires* anglais. Après la pluie, les escargots sortaient de leurs cachettes au creux des murs, dans les buis. Ils montaient le long des fenouils, trempés de gouttes, leurs cornes-périscopes dressées vers le ciel.

John Akapo se livrait négligemment au commerce des vins. La firme, Wedderburn, Wedderburn & Akapo, Est. (*established*, fondée) en 1853 à Édimbourg, était maintenant londonienne. Mais elle avait aussi un *office* à B. Thomas Wedderburn, Tom, était l'associé de John, et son ami. Il avait connu de justesse le XIXᵉ siècle, étant né en 1899. Ensemble, ils visitaient les caves, choisissaient les vins, achetaient, expédiaient. Ils vendaient du claret, le vin de Bordeaux (rouge), le vin anglais par excellence, aux gentlemen de la City de Londres, aux *colleges* de Cambridge et d'Oxford. Ils vendaient aussi du porto (*port*).

Tom, célibataire, venait souvent à B. Il logeait chez les Akapo, offrait des roses à Éléonore, parlait au petit Laurent, dans un français discontinu, mélangé de silences, d'hésitations et de mots anglais. Il lui offrait des chocolats. On croisait beaucoup d'Anglais dans les rues de B. Les après-midi, s'il faisait beau, Tom emmenait Laurent boire une limonade au Grand Hôtel du Palais. Ils s'asseyaient sur la terrasse qui domine l'océan. Lui-même buvait un whisky ; un, pas plus ; face à l'eau scintillante, aux vagues, au sable. La marée montait, ou descendait. Tom regardait vers le large, les quelques bateaux, les nageurs, l'horizon toujours prêt aux nuages. Les tables étaient blanches, rondes, couvertes de parasols. Sous les tables il y avait une immensité de cailloux blancs et gris, de toutes formes. Tom buvait, se taisait. Sous la table, Laurent triait des cailloux. Un peu plus grand, il les alignait, les comptait. Thomas Wedderburn était toujours élégant, adepte du tweed. Laurent l'appelait Tom. Tom l'appelait *sir*. Il finissait son whisky, repoussait sa chaise, et disait :

— Rentrerons-nous maintenant, *sir* ?

Ils rentraient. Laurent courait tout autour de Tom. C'était l'heure du goûter, du thé, *tea*.

À six ans, tout seul, Laurent rendait visite à son père, à Tom, dans leurs bureaux, avenue de la Reine-V. Tom faisait semblant de lui offrir à boire :

— Voudriez-vous essayer un verre de cet excellent porto, *sir* ? disait-il.

Sur le chemin, l'enfant passait devant la boutique du tonnelier, M. Dusseaux. M. Dusseaux était son ami. Il était de taille réduite, comme un gamin, peu bavard, toujours de bonne humeur. Il était rond ; son visage rouge, couleur de son élément naturel, le vin. Laurent et lui n'échangeaient jamais beaucoup plus de quatre mots. Mais ils étaient amis. Entre les mains du tonnelier les tonneaux se défaisaient, leurs cercles de fer tombaient, roulaient à terre comme des cerceaux. Un peu de liquide, parfois, s'en échappait. Laurent regardait, fasciné. Du sol de terre battue, sombre, brune, d'une flaque

violette semée de petites fleurs de moisissure, montait une odeur tenace et enivrante de vin.

Plus tard, une après-midi de l'hiver 1944, John
absent depuis des mois, Éléonore couchée avec une
migraine dans sa chambre, Laurent et Norbert,
« NO », son grand ami, livrés à eux-mêmes, prirent
la grosse clef accrochée au mur de la cuisine, ouvri-
rent la porte et descendirent dans la cave de la villa.
Ils sortirent d'un casier une bouteille poussiéreuse
de porto, la débouchèrent, versèrent un peu du
liquide dans un verre, goûtèrent. C'était sucré,
d'une belle couleur, pas trop fort. Ils burent encore.
Puis ils jouèrent à qui boirait le plus vite. Ainsi, ils
vidèrent la bouteille. Ce fut NO qui gagna le
concours. Le soir, Laurent fut malade. Longtemps,
des années après, la vue du vin, de n'importe quel
vin ou alcool, lui donnait encore la nausée. Cela
passa. Mais il n'essaya plus jamais d'en boire.

2

Dès octobre, dans la cour de l'« école annexe », adjointe à l'École normale d'Instituteurs de B., on courait dans tous les sens, comme des molécules dans un gaz, on se disputait, on jouait : aux billes, aux « barres ». On se mettait de part et d'autre de la ligne, chacun dans son camp, un béret basque au milieu. Laurent courait vite. Les marronniers laissaient tomber leurs bogues ; elles s'ouvraient ; les marrons frais, neufs, vernis s'échappaient. Une fine poussière blanche les couvrait. Ils étaient beaux. Mais ils ternissaient vite. Ils servaient de munitions pour des batailles.

Norbert Couarat, NO, était son ami. NO l'appelait « Laurent » ; Laurent l'appelait « NO ». NO avait toujours des chocolats dans ses poches. Son père était chocolatier. Il vendait des chocolats en boîte, des chocolats en vrac, et des tourons en pâte d'amandes, blancs, roses, verts. Pour aller de la villa au bureau, ou du bureau à la villa, Tom Wedderburn passait devant le magasin des parents de NO, Couarat Chocolats. À l'aller, il faisait un petit signe de la tête à Mme Couarat, assise à la caisse, l'air revêche. Au retour, il entrait dans la boutique et achetait quelques chocolats pour Laurent.

— Sans liqueur, s'il vous plaît, madame ; c'est pour Laurent, disait-il invariablement.

Les clochettes de la porte tintaient.

Laurent et NO étaient devenus amis dès le premier jour de leur entrée au Cours préparatoire. Ils s'étaient assis l'un à côté de l'autre dans la classe au troisième rang près de la fenêtre, et aussitôt ils furent amis. Ils ne se dirent pas : « nous sommes amis » ; ils le furent ; ensuite ils l'étaient, c'est tout. Ils savaient à peine lire, à peine écrire ; et Norbert, fièrement, mit son nom en deux lettres majuscules sur un morceau de papier : NO. Laurent parvint à lire : « N... O ». Laurent répondit qu'il s'appelait Laurent. NO était l'aîné, de moins de deux mois. Ils se tenaient côte à côte dans le rang avant d'entrer dans la classe le matin ; à la fin de la récréation ; avant de sortir quand la journée d'école était finie. Ils posaient côte à côte leur béret et leur pèlerine sur les patères. Il y avait deux classes seulement dans la petite école : une pour les petits, une pour les grands. En passant dans la grande classe, au Cours moyen, ils prirent exactement la même position : NO près de la fenêtre, Laurent au bord de l'allée.

Les bancs et bureaux étaient en bois, les bureaux avaient des pupitres en pente qu'on soulevait pour ranger les cahiers. Sur le devant du bureau il y avait une surface horizontale étroite : un trou avec un encrier blanc en faïence plein d'une encre violette, épaisse, très salissante ; et un creux allongé où on posait le plumier. À la fin des classes, on retirait la plume du porte-plume, on l'essuyait sur un buvard avant de la mettre dans sa boîte. Les doigts de NO étaient toujours pleins d'encre, ainsi que son nez, ses tabliers, ses cheveux même. Un jour sur deux il oubliait son béret ; un jour sur trois sa pèlerine ; son cartable parfois. Laurent était rangé, appliqué, soigneux, sérieux. Il ne se moquait pas de NO pour son désordre, pour ses étourderies et NO ne se moquait pas de lui, toujours sage. NO était comme il était. Laurent était comme il était. Les autres écoliers leur étaient plus ou moins indifférents. NO était plein d'imagination, espiègle, désordonné, rieur, fort en rédaction, en récitation, un peu copieur, nul en calcul, bavard. Ses cahiers étaient pleins de taches, de ratures. Ses cheveux blonds n'étaient jamais peignés. Il était le plus grand, le resta jusqu'à leur seizième année. Laurent était plutôt brun, fort en calcul, surtout en calcul mental. Il était lent, minutieux, appliqué, prenait soin de ses plumes, de ses cahiers. Il écrivait avec précaution, avec netteté. Ses rédactions étaient courtes, factuelles, ternes. À eux deux ils faisaient un excellent élève. C'est ce que disait l'instituteur, M. Château, aux parents Couarat ; et à John Akapo.

Ils sortaient ensemble de l'école à quatre heures, mangeaient le pain et les barres de chocolat de leur goûter en marchant. Ils parlaient peu. NO accompagnait Laurent jusqu'à la porte du jardin de la villa. Parfois, Laurent repartait avec lui et ils allaient jusqu'à l'autre maison, derrière la place du marché. Parfois même, ils avaient encore à ne pas se dire grand-chose ; et ils faisaient ainsi deux ou trois fois l'aller-retour avant de se séparer. Parfois, ils croisaient dans la rue M. Couarat et son chapeau noir, ou Tom Wedderburn. Et M. Couarat disait :

– Ça va, les inséparables ?

Tom ne disait rien.

Quand il pleuvait, et il pleuvait souvent, ils regardaient, fascinés, les ruisseaux, les fleuves, les torrents de la pluie soumis à la loi impérieuse des pentes se précipiter vers l'océan. Ils construisaient des barrages de feuilles mortes et de petites branches. L'eau montait, montait derrière et soudain les emportait, furieuse.

Avec les pages de vieux cahiers, avec de vieux journaux, ils construisaient des flottilles de bateaux, des escadres. Chaque navire était bâti de la même manière ; ils ne différaient que par la taille ; l'espèce, le nom : il y avait des barques, des péniches, des yachts, mais surtout des destroyers, des croiseurs, des avisos, des cuirassés même. Les cuirassés étaient plus lourds, plus épais ; il y fallait deux feuilles. Les gestes de la construction des bateaux de papier sont simples, peu nombreux, immuables :

1 – On plie une feuille de papier en deux, dans le sens de sa longueur.

2 – On rabat en triangle les deux côtés de la double demi-feuille. La feuille étant plus longue que large, il reste une bande étroite, horizontale, au bas des deux rabats triangulaires.

3 – On relève la bande de dessus, dessus ; et la bande de dessous, dessous. À ce moment, on a un chapeau pointu. On pourrait s'en servir comme chapeau pointu, mais ce n'est pas le moment.

4 – On l'ouvre et on le replie dans l'autre sens, en un carré.

5 – Du carré on fait deux triangles isocèles, à large base.

6 – On replie encore, en un carré plus petit.

7 – On tire sur les extrémités supérieures de ce carré ; il se déplie et voilà que le bateau apparaît. Il a une haute coque, et un mât central (stylisé), ou une voile (si on veut) qui dépasse (plus ou moins) de son bord. On écarte les deux flancs du navire, pour assurer sa stabilité. On replie les cornes du papier l'une sous l'autre.

8 – Sur la coque, sur un des bords, au crayon de couleur, on écrit le nom choisi pour le bateau : le *Jean Bart*, le *Surcouf*, le *Reine Éléonore*.

9 – On met le navire à l'eau, qui l'emporte.

Laurent et NO lançaient leurs flottes dans le réseau hydrographique des rivières de la pluie. Inscrits aux noms de coureurs cyclistes, leurs navires entraient en compétition. Les navires de papier sont fragiles, frêles même comme des papillons de mai. Certains bateaux s'échouaient dans le sable, étaient arrêtés par des brindilles ; renversés par le courant ils prenaient l'eau. Trop imbibés, surtout ceux de papier journal, ils se défaisaient, se délitaient, coulaient ; disparaissaient en tourbillonnant dans les égouts. Directeurs sportifs, coiffés de chapeaux de papier, les deux enfants couraient après leurs coureurs dans les rues en grande pente, encourageaient leurs champions de la voix. Dépassant le flot, ils se précipitaient au bas de la rue juger de l'arrivée de la course. C'était au point où la rue devenait escalier et où l'eau tombait sur le côté, en cascade. Les bateaux de Laurent étaient mieux faits, plus solides que ceux de NO. Il gagnait souvent. NO parfois, dans un tournant, trichait. Tout à la course, ils oubliaient l'heure, les devoirs à faire, que la pluie tombait. Ils trempaient leurs culottes courtes, leurs cheveux, leurs souliers. Leurs chambres étaient des hangars à bateaux, mis en cale sèche en attendant la prochaine pluie.

Mais s'il faisait trop beau trop longtemps, ils oubliaient les navires, et s'affrontaient aux billes.

Au jardin de la villa, ils traçaient dans le sable et la terre un parcours balisé d'obstacles, végétaux ou minéraux : des cailloux, des ramures. Chaque bille était distincte de toutes les autres ; et c'était un coureur, avec un nom. Il y avait deux équipes, dont la liste était inscrite par Laurent dans un cahier spécial, recouvert de papier avec : NO – LAURENT – CHAMPIONNAT. Les champions-billes étaient posés sur la ligne de départ. Ils avançaient, propulsés par l'index de la main, droite ou gauche. Laurent était droitier ; NO gaucher. Si la bille sortait du parcours prévu, il fallait la ramener à son point de départ et un coup, ainsi, était perdu. L'arrivée était une nouvelle ligne en bout de parcours, et la bille qui allait le plus loin au dernier coup après la ligne était le vainqueur de l'étape. Des autres billes, certaines étaient notées comme arrivées au même coup, d'autres avec 1, 2, 3 coups de retard, ou même plus. Laurent notait les résultats ; par exemple : quatrième étape – 1er Lapébie (équipe L) : 14 coups – 2e Antonin Magne (équipe N), à 2 coups, 2e ex aequo, Vietto, etc. Puis il faisait les additions et inscrivait le classement général. Laurent gagnait le plus souvent. Ses billes allaient moins loin que celles de NO, mais sortaient rarement du parcours. Il aurait pu jouer ainsi pendant des semaines, mais NO s'impatientait. On changeait de jeu.

3

La villa des Akapo donnait sur une impasse, elle
même s'ouvrant sur l'avenue du Golf. L'avenue
longeait le terrain de golf, séparée de lui par un
haut grillage, où s'appuyaient des buissons,
quelques arbres. Le golf, derrière, s'étendait jusqu'à
la falaise, au-dessus de l'océan. À travers le grillage
on voyait passer les joueurs.

Tous les dimanches John Akapo, accompagné de
Tom Wedderburn, quand celui-ci n'était pas à
Londres, allait jouer au golf. Pendant ce temps
Éléonore, si elle n'était pas trop fatiguée, allait, elle,
à la messe à l'église Saint-Charles, qui était juste en
bas de l'avenue. Laurent ne connaissait pas très bien
Dieu. Dieu, pour lui, était une sorte de vieux curé
basque.

Dès qu'il fut en âge de marcher assez longuement, le petit Laurent trotta derrière son père, de
trou en trou, dans la vaste étendue verte. Un peu
plus grand, il porta des « clubs ».

John (par sa mère) et Tom (par ses deux parents)

étaient écossais et fiers de l'être. L'Écosse était le plus beau pays du monde. Édimbourg était la plus belle ville d'Écosse, donc du monde. Et les Orcades (les « Orkneys ») les plus belles îles d'Écosse. Or, être écossais signifiait jouer au golf.

— Un terrain de golf, disait Tom à Laurent, s'appelle un « links ».

— Pourquoi ? disait-il en s'arrêtant et en regardant Laurent droit dans les yeux, parce que *links* est un mot écossais qui veut dire « dunes ». Et pourquoi des dunes ?

Laurent, écoutant, bouche ouverte, ne savait pas.

— Parce que, Laurent, *sir*, le jeu de golf a été inventé en Écosse, dans les dunes de St Andrews. Un berger par hasard paissant ses moutons sur la dune aurait tapé avec son bâton dans un caillou qu'il aurait envoyé dans un trou de lapin. *Mark my words !* Fais bien attention ! ajouta-t-il : un vrai terrain de golf doit être au bord de la mer ! Et un vrai, vrai terrain de golf, doit être partagé avec les lapins ! Aujourd'hui, on chasse les lapins de tous les terrains. Quelle décadence ! Il n'y a plus que dans les îles Orkneys qu'on respecte encore la tradition. Ici, il n'y a pas de lapins ; mais au moins on est au bord de la mer !

Laurent n'oublia pas cette conversation, ou plutôt ce discours de Tom ; car lui ne disait rien.

La famille Wedderburn s'était illustrée dans la glorieuse histoire du golf. Thomas Wedderburn l'ancêtre, l'arrière-grand-père de Tom, avait été un des grands joueurs du Royal and Ancient Golf Club of St Andrews. Et comme la mère de John, grand-mère paternelle de Laurent, était une Wedderburn elle-même, une parcelle de cet honneur lui revenait, à lui, Laurent Akapo. Il écoutait avidement toutes les histoires que lui racontaient Tom et son père ; le jeu et l'Écosse, terre promise du jeu, se mêlaient dans son imagination. Il voyait en s'endormant des troupeaux de blancs moutons poussés par des bergers en tweed balancer savamment leurs clubs dans des dunes d'où s'élevaient, curieuses, d'innombrables têtes de petits lapins roux. Laurent tapait sur le sol avec son club, et les têtes des lapins rentraient dans leurs trous. L'abondance, le déferlement des moutons devant ses yeux fermés finissaient par l'endormir.

Tom et John, en jouant, parlaient invariablement anglais. Ils chantaient, et Laurent apprenait les airs ; et plus ou moins les paroles : « *What shall we do with the drunken sailor* (bis)/ *Early in the morning ?* » (Que faire du marin ivre, si tôt le matin ?) Ou bien : « *We joined the Navy / To see the world/ And what did we see/ We saw the sea.* » (Nous nous sommes engagés dans la marine pour voir le monde. Et qu'est-ce que nous avons vu ? La mer.) Mais surtout, ils comptaient leurs coups. Ils les comptaient en anglais, ce qui fait que Laurent connut très vite les noms de nombres dans cette langue. Un jour, très fier, il les récita à son père, tels qu'il les avait entendus, suivant la comptine fameuse du joueur de golf : *one, two, three, four, five, six, damn, eight, damn*. Quand John lui expliqua que sept et neuf ne se traduisaient pas également par *damn*, qui était simplement une formule, peu polie, indiquant qu'on avait raté son coup, il fut vexé, et eut le plus grand mal, par la suite, à retenir les véritables noms anglais de ces nombres. Et même en français, il les considéra toujours avec méfiance. Sept et neuf sont des nombres dangereux. John lui apprit à compter en basque.

John lui expliqua ce que fait le « caddy » : il ramasse les balles des joueurs, les retrouve quand elles sont égarées, porte les clubs, donne des conseils aux débutants, explique les termes techniques qui très souvent sont des mots anglais d'origine écossaise (prétendait Tom) : « rough » (partie du parcours non entretenue où l'herbe est haute, à éviter) ; « tee » (petit champignon de bois ou de caoutchouc sur lequel on pose la balle pour la surélever) ; « putter » (club court) ; « divot » (morceau de gazon enlevé par un coup de club) ; etc. Il raconta à son fils comment il avait été caddy lui-même quand il était enfant, sur le golf de St Andrews. Comment son père à lui lui avait enseigné les leçons de politesse du golf ; par exemple : ne pas bouger, ni parler, ni se tenir près de la balle ou directement en arrière de celle-ci ou du trou, quand un joueur joue. L'ambition naquit dans le cœur de l'enfant : être caddy comme son père, puis, ayant appris tout ce qu'il se pouvait savoir du jeu, devenir un champion, dont la gloire excéderait même celle du grand-grand-oncle Wedderburn.

Il commençait à se familiariser avec le jeu, avec les balles, leurs trajectoires, leurs déviations imprévisibles, leurs égarements sournois. Il courait, courait ramasser, fouiller dans les buissons, rapporter, ardent et acharné comme un petit épagneul. Une fin d'après-midi, fatigué d'avoir tant couru, une balle s'étant envolée qu'il ne retrouvait pas, il revint vers Tom et son père et il dit que oui, il avait cherché aussi dans le tas de végétation que lui montrait John et que non, non, la balle n'y était pas.

— Cherche quand même encore un peu, dit John.

La balle était là, facilement visible. Il la ramena, un peu honteux. John resta silencieux, mais comme ils revenaient à la villa dans l'obscurité grandissante, il dit, sans regarder Laurent, mais avec une certaine solennité :

— *You know, Laurent, a gentleman <u>never lies</u>.*

Et il traduisit aussitôt, comme s'il s'agissait d'une leçon de langue :

— Un gentleman ne ment *jamais*. (Mais il ajouta aussi, à voix basse : sauf à ses ennemis.)

Laurent demanda à son père l'autorisation d'amener NO. John accepta sans difficulté. Ils seraient leurs deux caddies. Laurent était joyeux.

Depuis des mois, il ne cessait, lui d'habitude plutôt silencieux, de parler de golf à NO ; et NO, sans le dire ni le montrer trop, mourait d'envie de connaître ce nouveau jeu. Leur amitié était sereine. Ils ne se disputaient pour ainsi dire jamais. Laurent admirait NO immensément, sa vivacité, son imagination, ses insolences. C'était un garçon que rien n'intimidait, même pas (ou à peine) M. Château, l'instituteur. Calme, souvent rêveur, Laurent se laissait, dans une certaine mesure, guider par NO. C'était son ami.

À l'école, il n'y avait pas de filles. Les filles de l'école annexe étaient dans deux autres classes, jouaient dans une autre cour, avec leurs institutrices. Garçons et filles ne se rencontraient pour ainsi dire jamais. Certains garçons de la classe avaient des sœurs, qu'on croisait quand on allait goûter chez eux, mais elles ne participaient pas aux jeux de balle, aux courses, aux batailles. NO avait trois cousines, d'un à trois ans plus âgées que lui. Il y avait, par ordre d'âge croissant, Armande, Annie et Antoinette. NO parlait de se marier avec Antoinette quand il serait grand. Elle lui avait donné un baiser le jour de son anniversaire, pendant qu'ils partageaient la même cachette, sous le piano du salon. Et il avait même mis sa main dans sa culotte. Laurent l'écoutait distraitement. Il ne connaissait aucune fille, petite ou grande. Il n'avait pas de cousines.

Ils avaient sept ans ; ils étaient dans leur huitième année. Ils savaient manier les clubs, les putters surtout. Ils connaissaient les règles. Ils jugeaient les joueurs, appréciaient leur force. Ils étaient devenus experts dans le dénichage des balles. Le golf était désormais leur jeu, et tous les autres jeux les ramenaient au golf. Le Tour de France était entièrement oublié. D'ailleurs il n'y avait plus de Tour de France, puisque c'était la guerre. Quand ils n'étaient pas sur le terrain, ils avaient converti leur jeu de billes en un mini-jeu de golf, creusant des trous dans le sable de l'allée de la villa, dans l'herbe sous les arbres. Ils les rebouchaient soigneusement après chaque « partie ». Ils comptabilisaient les balles retrouvées par chacun. Ils maîtrisaient de mieux en mieux les règles, savaient ce qu'était le « par », donnaient des handicaps à leurs champions imaginaires. Laurent remplissait des pages et des pages d'un nouveau cahier de résultats, avec beaucoup de chiffres. Le soir, dans son lit, les chiffres dansaient devant ses yeux. NO trichait un peu.

Un jour de mai, du mai fatal de 1940, il faisait beau, il faisait excessivement beau sous un ciel tendre. Une balle, jouée par John distraitement mais avec une force et une maladresse inhabituelles, dues peut-être à sa préoccupation croissante devant le cours des événements militaires, s'envola dans les airs. Elle sortit du terrain et s'en alla retomber dans le parc d'une maison en bord de mer. Laurent et

NO avaient suivi des yeux sa trajectoire et déterminé assez exactement l'endroit où elle avait dû tomber. Ils ne se trompaient plus beaucoup. Tout à la poursuite, ils se présentèrent devant le portail du parc. Sans hésiter une seconde, NO tira la corde de la sonnette de la petite porte sur le côté du portail. Une clochette tinta, tinta dans le lointain. Un long moment passa. La porte s'ouvrit et une dame leur demanda ce qu'ils voulaient. Laurent se taisait, pétrifié de timidité.

— Nous venons chercher notre balle, dit NO.

— Ah, votre balle ; vous savez qu'elle aurait pu blesser quelqu'un ! dit la dame.

Mais elle les fit entrer. Il y avait une grande allée perpendiculaire à l'entrée, bordée d'une rangée de tilleuls, en floraison odorante. Dans le fond, à une cinquantaine de mètres au moins, une grande maison. Entre les deux, debout dans l'allée, en robe blanche, une petite fille de six ou sept ans, aux cheveux blonds en natte, les regardait, tenant la balle dans sa main. Ses yeux étaient violets, de la couleur de la plus belle des billes d'agate de Laurent.

— Marie-Ange, donne la balle à ces garçons, dit la dame.

NO tendit la main et la petite y posa la balle. Mais sur son visage on lisait une telle déception, proche des larmes, que Laurent ne put résister. Il reprit la balle à NO et la lui tendit :

– Tiens, dit-il, garde-la.

NO le regarda drôlement mais ne dit rien. La petite fille prit la balle dans son poing, se tourna comme pour s'en aller mais au dernier moment elle sortit de sa poche un chocolat enveloppé dans un papier d'argent et le donna à Laurent. Ensuite, elle partit, très vite, vers sa maison, serrant toujours la balle dans son poing.

– C'était bien la peine, dit NO, quand ils se retrouvèrent dehors.

Laurent ne répondit pas. Il était amoureux.

4

En septembre 1939, les armées de « *that Mr Hitler* », comme disait Tom avec mépris, envahirent la Pologne. Aussitôt, l'Angleterre et la France déclarèrent la guerre à l'Allemagne nazie. Tom, John et Éléonore écoutaient la TSF (la radio) dans la salle à manger. Ils avaient un air grave, solennel. C'était un moment exceptionnel. John se tourna vers Laurent. Il lui expliqua ce qui se passait. Laurent ne comprit pas tout ce que son père lui disait, mais il sut que les Allemands étaient ses ennemis, les ennemis de son père, de Tom, de sa mère, de NO, de l'Écosse. De Marie-Ange.

Thomas Wedderburn repartit pour Londres. Mais il revint moins d'un mois plus tard. Il avait maintenant un uniforme de major de l'armée britannique. Ce qu'il faisait là ne fut pas dit à Laurent.

Laurent se faisait expliquer les grades, les galons, les différences entre l'armée française et l'armée anglaise. Le grade de major lui paraissait d'une élégance et d'une originalité suprêmes.

John avait été mobilisé dans l'armée française ; mais il fut libéré assez vite car les médecins militaires lui avaient trouvé un « souffle au cœur ». En somme, dès octobre, tout était presque comme avant. Très loin, très loin de l'Alsace, des Ardennes, on n'entendait pas beaucoup parler de la guerre. L'école avait repris. Dans la cour de récréation, on avait été très patriote les premiers jours ; puis on avait cessé de s'intéresser à ce conflit presque sans événements. Drôle de guerre sans batailles.

Dans les promenades, pendant les parties de golf, Laurent entendait Tom et John parler de la guerre. Ils étaient inquiets. John racontait que, dans les premiers jours, à la caserne, il était venu un colonel, et que le colonel avait expliqué aux soldats, rassemblés dans la cour, que la cavalerie serait la clef du succès des armées française et anglaise.

– Tu te rends compte ! disait John, la cavalerie ! Ils sont complètement fous !

Tom disait quelque chose en anglais que Laurent ne comprenait pas. Ce n'était pas quelque chose d'encourageant.

Puis ce fut la Débâcle. Les grandes armées de la France et de l'Angleterre s'effondrèrent. Hitler dansa de joie au pied de l'Arc de Triomphe. Les parlementaires français remirent lâchement le sort de la République entre les mains d'un vieillard, qui s'empressa de l'étrangler. Il avait attendu des années pour cette « divine surprise ». Le « vainqueur de Verdun », le maréchal Pétain, signa la capitulation. Un speaker, bientôt chassé de son poste, l'appela « le maréchal Putain ».

– Voilà un homme courageux, dit John.

Un général français, entendu de peu de gens, avait appelé à la radio, de Londres, à continuer le combat. Le Premier ministre anglais, Winston Churchill, dit ce qu'il fallait dire : se battre ; quoi qu'il arrive, se battre. Il annonça que ce serait dur. Il parla de « *blood, sweat, and tears* » (du sang, de la sueur, et des larmes). John avait honte pour la France. Pour Laurent, Churchill fut désormais le héros de cette guerre. (Avec Tom et John, bien entendu.)

Un des derniers jours de juin, le major Wedderburn embarqua sur un sous-marin britannique. John voulait partir avec lui. Tom l'en dissuada :

– *There will be things to do here, old chap.* (Il y aura des choses à faire ici, mon vieux.)

Il ajouta, mystérieusement :

– *See you later* (À plus tard.)

Dès l'hiver, dans la cour de l'école, on s'était remis à jouer à la guerre. Avant de se lancer des marrons ou des boules de cyprès comme d'habitude, on se divisait en deux camps. Il y avait les Allemands de Hitler et leurs alliés, les Italiens de Mussolini d'un côté, les Anglais de Churchill de l'autre. Pour se préparer à la bataille, on se lançait

des insultes : « *Achtung, achtung*, bicyclette, grop-
neu ! » disaient les uns. « *Oh shocking !* » répon-
daient les autres. Mais on faisait aussi des discours.
NO était Churchill. Laurent était major dans
l'armée anglaise. Il restait silencieux, flegmatique,
imperturbable. Personne ne voulait prendre le rôle
de Mussolini. Sauf un petit Espagnol, fils d'un réfugié basque républicain, Luis, un peu clown, qui
imitait les grimaces et mouvements de menton du
Duce sur son balcon et disait :

— *A qui la Corsica ? A noi ! A qui Nizza ? A noi !*
(À qui la Corse ? À nous ! À qui Nice ? À nous !)
Et encore : « *Mussolini a siempre ragione !* » (Mussolini a toujours raison !) Et il faisait de telles grimaces qu'on se tordait de rire. Ensuite, il y eut des
complications. Il fallut introduire des Russes, des
Américains dans le jeu, et le maréchal Staline, et
le président Roosevelt ; et même des Japonais.
Les nouvelles, transmises par les journaux, par la
radio, par les conversations des parents, nourris-
saient les discussions. Un amiral japonais avait eu
des problèmes avec son empereur. Et on répé-
tait avec délectation : « l'amiral Yamamoto a été
mis à pied ! » Ou bien : « Ya-ma-mo-to-qu'a-des-
ra-tés ! »

Au début, les « Anglais » étaient plutôt en mino-
rité. L'Allemagne allait gagner la guerre ; c'était
certain. Et la France était en majorité pétainiste.
Mais après la bataille de Stalingrad, et celle d'El

Alamein, quand la Wehrmacht commença à reculer sur tous les fronts, il y eut un changement très net. On racontait des histoires anti-allemandes. Laurent les rapportait à son père.

— Luis, disait-il, est contre les Boches.

— Contre les nazis, disait John ; ce ne sont pas tous les Allemands qu'il faut détester, seulement ceux de Hitler. Mais raconte.

— Eh bien, disait Laurent, c'est un Français. Il va voir Hitler. Il lui dit : « Je veux m'engager dans l'armée allemande. » Hitler lui dit : « Mais c'est très dangereux. Je ne vous le conseille pas. Si vous allez sur le front russe, vous risquez d'y rester. — Ça ne fait rien », dit le Français. Et Hitler : « Je vous dis que vous êtes pratiquement sûr de mourir. — Eh bien, dit le Français, ça fera un Boche de moins ! »

Dans la cour plus personne ne voulait prendre le rôle de Hitler, ni même celui de Pétain. Puis, plus personne ne voulut jouer. L'atmosphère, dans la ville de B., comme ailleurs en France, n'était plus ludique du tout. Les enfants avaient consigne de se taire. Et on avait trop faim.

Laurent accompagnait son père chez le coiffeur, chez le libraire. On entendait à la radio, la radio de Vichy, celle du Maréchal, que les armées allemandes avaient abandonné telle ville d'Ukraine, opérant un « repli élastique ». On revenait en hâte à la maison, où la radio anglaise, « Londres », confirmait, parlant d'une nouvelle victoire des

Soviétiques, ou des Anglais et Américains en Libye, en Tunisie. La *Water Music* de Haendel s'élevait dans la grande pièce du bas et on entendait, avec espoir, avec angoisse : « Ici Londres ! Les Français parlent aux Français ! ». On entendait : « Aujourd'hui, sept cent soixante-dix-septième jour de la lutte du peuple français pour sa libération. » Une voix chantait : « Radio-Paris ment ! Radio-Paris ment ! Radio-Paris est all'mand ! » Laurent, dans sa chambre, vibrait d'imaginations héroïques. Cependant, des uniformes allemands passaient et repassaient dans les rues de B., comme s'ils étaient chez eux.

5

Dans la grande maison de Lyon, au bout de la rue de l'Oratoire, sur la colline dominant le Rhône, très grande avec un très grand jardin, la grand-tante Jeanne vivait avec son mari Anselme, « retraité de l'administration ». De quelle administration avait-il pris sa retraite ? On ne savait trop au juste. La grand-tante Jeanne jardinait et cuisinait et bavardait. Elle parlait d'une manière quasi continue. L'oncle Anselme se taisait, fuyait, descendait en ville voir ses vieux amis de l'« administration », menuisait dans son atelier bien isolé contre le mur du jardin. On (sa nièce Éléonore, le mari d'Éléonore, John, et le petit Laurent) y allait quelque temps pendant des vacances scolaires. Avec la guerre, les voyages en train étaient devenus plus longs, plus encharbonnés. Il fallait faire attention, dans le couloir, quand la fenêtre était ouverte. Car, quand le train passait dans un tunnel, on risquait de recevoir dans l'œil une redoutable escarbille, une de ces échardes de suie venues de la locomotive.

Elles se fichaient dans l'œil, l'irritaient, le rougissaient de larmes. Il fallait les extraire avec le coin du mouchoir. Les compartiments étaient toujours pleins, les couloirs encombrés de valises. Les conversations des voyageurs étaient circonspectes. On parlait surtout de nourriture, d'approvisionnement. Ceux qui n'approuvaient ni les occupants ni leurs amis de la Collaboration se reconnaissaient à quelques sourires, à quelques allusions. Mais on prenait soin de ne pas trop se « démontrer ». L'époque était bénie pour les dénonciateurs.

Au mois de juillet 1942, la grand-tante Jeanne, apprenant que les Akapo ne pourraient pas venir à Lyon comme les autres étés, offrit de recevoir Laurent tout seul. Il profiterait du jardin, « le pauvre petit », et d'une alimentation meilleure que celle qu'il pouvait trouver à B., où les restrictions étaient très sévères. Les rations officielles, obtenues à l'aide des tickets minuscules des tristes cartes d'alimentation étaient maigres. Elles n'étaient pas plus généreuses à Lyon qu'ailleurs, mais plusieurs anciens collègues de l'oncle Anselme vivaient à la campagne. Ils fournissaient volailles, œufs et laitages. N'oublions pas les légumes et fruits que produisait en abondance le grand jardin. Craignant que Laurent ne s'ennuie tout seul en leur compagnie un peu trop vénérable (et ils n'avaient jamais eu d'enfant), Jeanne offrit de recevoir NO en même temps que son petit-neveu. Après quelques hésitations les parents Couarat acceptèrent. Un beau jour d'été les deux enfants, accompagnés à la gare de B. par des parents et des recommandations multiples, prirent le départ pour ce grand voyage. On se battait en Russie, dans le coude du fleuve Volga.

En ce temps-là la principale gare de Lyon était la gare Perrache. C'était une belle gare, pas encore défigurée par les horribles constructions de l'après-guerre qui ont fait d'elle un monstre dont la laideur arrache des larmes à tous les Lyonnais. C'était une belle gare, mais qui cachait un piège. Car il y avait (il y a toujours d'ailleurs) deux sorties : la sortie Nord et la sortie Sud. Jusque-là, pas de problème : vous arrivez à Lyon, gare Perrache. On vous a dit : « Je viendrai t'attendre à la sortie Sud » (ou bien à la sortie Nord). Bien. Aucune difficulté, pensez-vous. Seulement voilà, l'influence de la gare (son sens de l'humour peut-être) est telle que *tout le monde se trompe toujours de sortie.* Vous êtes attendu sortie Sud et vous sortez, sans le faire exprès, sortie Nord. Ou bien : on doit vous attendre sortie Nord et on vient en fait sortie Sud. Ce n'est que quand les deux, celui qui arrive et celui qui l'attend, se trompent qu'ils ont une chance de se trouver à la même sortie. Mais même dans ce cas il arrive qu'ils se ratent. Car le voyageur est saisi d'un doute : et si ce n'était pas la bonne sortie ? Aussitôt, il se précipite vers l'autre. Cependant celui qui est venu le chercher doute lui aussi, change lui aussi de sortie ; et le résultat est le même : ils ne se rencontrent pas.

Et voilà donc que, quand Laurent et NO, tout fatigués, endormis et excités à la fois par leur long séjour dans le train, arrivèrent à Lyon, oubliant à quelle sortie on leur avait dit et répété que l'oncle Anselme les attendrait, ils suivirent le flot principal des voyageurs, se trouvèrent dehors, et ne virent personne. L'oncle Anselme, d'ailleurs, s'était lui-même vraisemblablement trompé. De toute façon, il n'était pas là. Laurent voulut s'adresser à un employé de la gare pour demander de l'aide. Mais NO, tout émoustillé par l'aventure, l'en dissuada. Ils avaient un plan, Laurent était déjà venu chez sa grand-tante, ils se débrouilleraient bien tout seuls. Les voilà partis. Ils traversèrent la place Bellecour sous ses marronniers, grimpèrent la raide pente de la Croix-Rousse, prirent la grand-rue de la Croix-Rousse, manquèrent le tournant à droite dans Caluire, marchèrent, marchèrent et se retrouvèrent à Cuire, dans la campagne pour ainsi dire. Il faisait chaud, ils avaient faim, ils avaient soif, ils avaient envie de faire pipi et de faire caca. Ils se retenaient avec peine ; leurs valises de carton bouilli pesaient. Sans se décourager toutefois, ils retournèrent sur leurs pas, et, prenant cette fois la bonne direction, parvinrent enfin à leur destination. Des heures d'affolement avaient suivi le retour solitaire d'Anselme. La tante Jeanne pleurait en s'arrachant les cheveux et s'arrachait les cheveux en pleurant. Elle racontait et reracontait toute l'affaire depuis le début. Les voisines la consolaient. Les unes et l'autre alternativement ou simultanément amoncelaient des reproches sur la tête d'Anselme, qui la baissait. Enfin le coup de sonnette mit fin à ces débordements d'inquiétude. NO et Laurent furent embrassés, nettoyés, baignés, gavés, couchés dans les deux petits lits d'une chambre du second étage. Elle avait trois fenêtres et donnait sur le jardin. Les grands mûriers aux larges feuilles reposantes leur faisaient des signes amicaux. Ils s'endormirent dans la pénombre protégée du soleil et ne se réveillèrent que le lendemain matin.

Ils bâfraient œufs, omelettes, faisselles sorties ruisselantes de la cave fraîche dans leurs « formes » métalliques à petits trous, sucrées au sucre de raisin. Ils avalaient tomates, fraises, radis. Ils dévoraient cuisses de poulet, ailes de poulet, croupions de poulet.

– Mangez, mangez, pauvres petits, disait la tante.

Ils se cachaient sous les divans, ils se balançaient dans le rocking-chair de la véranda confite de soleil, ils rampaient sous les meubles, les après-midi, pendant la sieste de la tante et la course en ville de l'oncle, écoutant le balancier lent de l'horloge aller et venir. Laurent comptait les secondes.

D'un grenier resté fermé depuis au moins vingt ans ils avaient descendu des balles de tennis et jouaient à la paume sur la terrasse, contre le mur de la maison. Il y avait aussi plusieurs sacs de balles de ping-pong, mais pas de raquettes ; ni de table.

Du jardin la première moitié était en arbres, la seconde en potager. Au fond, des cabanes. Un peu partout des appentis, des remises, l'atelier de menuiserie de l'oncle. Ils tracèrent un long parcours de golf, creusant des trous dans les allées, dans la terre meuble au pied des plants de tomates, sous les mûriers. Avec les balles de ping-pong et des planches étroites empruntées à l'oncle, ils jouèrent. On visait mal, avec ces « clubs » de fortune. Les balles s'enfonçaient dans la poussière, s'accrochaient dans les branches des lourds mûriers, passaient par-dessus le portail et tombaient dans la rue.

La rue, du côté Rhône, descendait abruptement vers le fleuve et quand ils sortaient de la maison pour aller au parc de la Tête-d'Or, ils se précipitaient en courant sur la pente, semant la terreur parmi les chats placides du quartier, le « Clos Bissardon », paresseusement étalés au soleil devant les portes. Et surtout, surtout, ils exploraient le réseau des traboules, ces trajets mystérieux faits de portes traversées, de couloirs entre étages de maisons agrippées aux pentes, d'escaliers obscurs, de cours intérieures semblables à des puits. Ils y étaient aussi à l'aise que des écureuils dans un grand chêne. Ils se perdaient dans cette jungle ancestrale lyonnaise, dans ce labyrinthe (bien effacé, rompu et oublié aujourd'hui). Les traboules transformaient pour eux la ville en une forêt médiévale, propice à tous les enchantements, à l'imagination de dragons, de fées, d'enchanteurs bénévoles ou maléfiques. Ils se voyaient en chevaliers, en fugitifs, en mousque-taires, en archers. Ils glissaient sur les rampes, sau-taient les marches quatre à quatre, ne savaient plus où ils étaient ; et soudain se retrouvaient en bas de la côte, les yeux éblouis du soleil violent de juillet. À la fin de leur séjour, Laurent connaissait par cœur tous les trajets dans ces fausses rues, ces rues secrètes.

Sous la surveillance faible de la grand-tante et du grand-oncle, ils faisaient exactement ce qu'ils voulaient. Ils sortaient la nuit dans le jardin écouter les bêtes nocturnes. Ils marchaient pieds nus, cueil-laient les prunes chaudes sur les arbres, se déchi-raient les jambes aux ronces, s'écorchaient les genoux aux cailloux.

Au retour à B. ils étaient noirs de soleil. Ils avaient grossi.

– Vous êtes contents ? dirent les parents en les accueillant à la gare.

– Oui.

En sortant de la villa où Laurent avait fait cadeau de la balle de golf perdue à Marie-Ange et reçu d'elle en échange un chocolat enveloppé d'argent, NO avait regardé son copain avec amusement. Mais en voyant le papier qui enveloppait le chocolat, il avait dit avec mépris :

– Oh, c'est un chocolat Château. Papa dit que ce sont les moins bons de la ville.

Mais ça ne faisait rien. Pour Laurent ce chocolat était sacré. Le soir même, il le mit sur son oreiller avant de s'endormir. Au matin il était tout écrabouillé par le poids de sa tête ; et fondu, par la chaleur. Alors, il l'avait mangé avec émotion. Il avait léché le papier d'argent jusqu'à ce qu'il soit propre, puis l'avait rangé, précieux, dans son « trésor de guerre ».

Dans son trésor de guerre il y avait les cahiers où étaient consignés les résultats des courses de bateaux ou de billes de ses matches avec NO ; mais surtout, il y avait... des balles de golf ! Car NO et

lui étaient engagés dans une nouvelle et passion-
nante compétition. Parmi les balles que Tom et
John, parfois, envoyaient en dehors du terrain,
« hors limites » comme on dit, certaines étaient
considérées par le règlement comme des balles
perdues. Et celles-là, si par hasard ils les retrouvaient en fouillant un peu partout, Tom les avait
autorisés à les garder pour eux. Ils passaient à cette
recherche le plus clair de leur temps en dehors de
l'école. Et bien sûr, il leur arrivait de dénicher
d'autres balles, perdues par d'autres joueurs.
Comme les parents Couarat interdisaient à NO
d'en rapporter à la maison, leurs deux collections,
croissantes, se trouvaient dans la chambre de Laurent à la villa. Elles étaient de tailles à peu près
égales, et grandissaient lentement. Tantôt l'un, tantôt l'autre des deux amis prenait l'avantage.

Les balles fascinaient Laurent. Après deux ou
trois ans, il y en avait un nombre respectable dans
les paniers d'osier qui les recueillaient. Le soir, avant
de se coucher, il les prenait dans sa main, les
recomptait, les faisait rouler sur le tapis de sa chambre. Tout au début, il en avait dépiauté une, la
débarrassant de son écorce de gutta-percha et sou-
pesant le dur noyau métallique à l'intérieur.

John Akapo avait des amitiés dans l'administration du golf de B. Il était un commerçant hono-
rablement connu de la ville, l'ami du distingué

M. Wedderburn, non seulement distingué mais écossais, en plus. C'était un joueur de bon niveau et depuis de nombreuses années une figure familière des « greens ». Voyant la passion de plus en plus vive que les deux enfants portaient au jeu, il obtint de les faire engager comme apprentis caddies (caddies-éclaireurs). Ils se montrèrent si assidus et efficaces qu'en peu de temps, malgré leur jeune âge, ils furent promus caddies en titre. Ils n'avaient pas leur pareil pour dénicher les balles égarées dans les arbres, les buissons, et principalement dans les bunkers, ces espèces de fossés sablonneux et rusés, placés avant les greens où étaient les trous, et disposés là comme des pièges, pour rendre l'accès aux trous plus difficile. Le golf de B. avait un parcours de 5 379 mètres pour dix-huit trous, et il y avait plusieurs bunkers pour chaque trou. Certains étaient de petites mares avec des herbes aquatiques. Ils étaient de difficulté élevée et Tom avait dit un jour que ce links était presque digne de l'Écosse. NO et Laurent connaissaient chaque mètre du parcours mieux que le fond de leurs poches (qui avaient elles-mêmes, souvent, au moins dix-huit trous).

Leur engagement comme caddies eut lieu peu après leur arrivée, à moins de dix ans, au lycée de garçons de la ville. Ils passèrent plutôt brillamment l'examen d'entrée en sixième, quoique séparément pour des raisons d'ordre alphabétique. La note de calcul de NO en souffrit un peu, et celle de rédaction de Laurent pas moins. Ils abandonnèrent l'école annexe et se retrouvèrent cette fois dans des classes séparées. Ce fut un mauvais moment à passer. NO avait pris, selon les instructions de ses parents et malgré ses protestations, l'allemand comme première langue vivante ; et Laurent, bien sûr, l'anglais. Mais bien vite ils se retrouvèrent aux récréations et, après les classes, sur le terrain. Ils venaient au lycée habillés de ce qu'on appelait des culottes de golf. On avait bien essayé de se moquer d'eux à propos de cet accoutrement, mais la combinaison – NO + Laurent – constituait un combattant unique très efficace, avec deux dures paires de poings et une coordination sans faille. Deux vantards moqueurs prirent une correction. On les laissa tranquilles.

Laurent n'avait revu son amour éternel, Marie-Ange, qu'une fois. C'était peu avant qu'il ne quitte l'école. Il l'avait aperçue de loin, par-dessus le mur du préau, dans le jardin de l'instituteur M. Château, qui habitait le logement de fonction de directeur de l'école annexe. Il ne l'avait reconnue que grâce à sa natte d'or et à sa robe blanche, car son visage céleste était devenu indistinct dans son souvenir. Il se confondait avec les illustrations de ses livres d'aventures préférés, de Stevenson, de Walter Scott, de Jules Verne, d'Alexandre Dumas. Quand il les lisait, Marie-Ange prenait la place de l'héroïne, lui du héros (et NO celle de leur fidèle compagnon). Dans *Le Dernier des Mohicans*, de Fenimore Cooper, il n'arrêtait pas de la délivrer. Il n'y avait rien de surprenant à sa présence, en fait, dans le jardin où il l'avait aperçue ; tout simplement parce que la chocolaterie Château appartenait au frère de l'instituteur M. Château, dont Marie-Ange était donc la nièce. Mais pour Laurent son apparition tenait du miracle.

Elle occupait ses rêves, ses rêveries, ses imaginations guerrières de la lutte contre les Allemands de Hitler. Il la sauvait, elle le sauvait, NO et lui la délivraient, avec l'aide de John, de Tom, le célèbre major de l'armée anglaise aux nombreuses décorations. Ils se retrouvaient en Écosse, dans les îles, après une évasion héroïque d'une forteresse médiévale en sous-marin, en barque, en canot, à la nage. C'était un exploit époustouflant. M. Churchill lui-même les félicitait.

Mais de toutes ces pensées il ne disait rien à personne. Pas même à NO.

DEUXIÈME PARTIE

1943-1968

Des officiers allemands venaient au golf maintenant. Laurent et NO les regardaient avec haine, les accompagnaient le cœur bouillonnant de rage, mais se montraient cependant des caddies impeccables, consciencieux, parfaits. John l'avait dit nettement à son fils : en temps de guerre, il faut apprendre à dissimuler. C'est le seul moment où la règle absolue qui interdit le mensonge au gentleman souffre des exceptions. La guerre n'est pas finie. Les Allemands nous occupent, mais cela ne durera pas. Il faut en être persuadé. En attendant, on doit garder pour soi ses sentiments intimes. Quand on n'a pas la force, user de la ruse. Il faut être rusé comme le renard, qui est un animal noble. Il faut présenter aux ennemis un visage indéchiffrable, *poker-face*, selon l'expression anglaise (qui ne veut pas dire « face de tisonnier » mais « visage de joueur de poker »).

Laurent écouta avec attention ce discours inhabituellement long de son père, généralement laconique. Et il suivit à la lettre ses instructions, les ayant transmises à NO. NO aurait voulu faire un geste ou deux de défi aux officiers portant l'uniforme abhorré, mais il se rendit vite aux raisons de Laurent : au fond, ce serait un nouveau jeu.

Restés seuls, ils imaginaient quand même des actions spectaculaires. Par exemple : ils placeraient dans un trou une balle évidée, remplie de poudre, reliée à une mèche. Et quand le commandant Geideherr, de la Gestapo, et son ami français, le traître, le chef de la Milice, le misérable Giboux, haï de tous les gens de cœur, se félicitant de leur dernier coup infâme contre les Résistants, s'approcheraient du trou, poum, la balle leur exploserait au visage. Et cela ferait, d'un seul coup d'un seul, deux nazis et un traître de moins !

À la villa, il se passait des choses fort mystérieuses. Dans une pièce éloignée du côté *Voilà*, John avait pris l'habitude de s'isoler pour des heures, la porte toujours fermée à clef quand il n'y était pas. S'approchant de près mais sans être vu, Laurent l'entendait parfois parler, mais il se demandait avec qui il pouvait bien s'entretenir de la sorte, car il était bien sûr qu'il y était seul. En plus, il y avait des bruits bizarres, comme si on pianotait sur un clavier de piano, mais en ne produisant que des sifflements, semblables à ceux qu'on entendait quelquefois quand Éléonore cherchait la radio de Londres dans le poste, entre Monte-Carlo et Beromunster, la voix émergeant difficilement de *fadings* ou d'un brouillage orageux.

Des étrangers circonspects arrivaient parfois ; parfois passaient à la villa une ou deux nuits, puis disparaissaient furtivement pour ne plus jamais revenir. La frontière espagnole est proche de B. Pour ne pas être compris des enfants, ils parlaient basque avec John et Éléonore. Ils arrivaient à la tombée de la nuit, parlaient peu, repartaient avant que le jour se lève ; partageaient les maigres repas de la famille Akapo. Un matin, réveillé plus tôt, Laurent vit une vieille dame embrasser sa mère en pleurant et lui dire, avec un drôle d'accent, comme si elle était allemande :

– Merci ! merci !

Et Éléonore la serra contre elle, en disant :

– Bonne chance !

Comme tout cela était étrange !

Deux incidents restèrent particulièrement gravés dans son souvenir.

La première fois, ils étaient à table. C'était un soir d'automne. On attendait la grand-tante Jeanne qui était venue de Lyon passer quelques jours avec eux. Il y avait là un couple de jeunes gens qui s'appelaient Madeleine et Georges, un frère et une sœur, qui restaient assez souvent à dîner depuis quelques mois. On n'avait pas dit à Laurent d'où ils venaient ni ce qu'ils faisaient. Laurent les aimait bien, parce qu'ils constituaient un élément de stabilité dans ce changement perpétuel. Et en plus ils lui apportaient toujours quelque cadeau. Même une boîte de balles de golf, un jour, qu'il conserva mais ne mit pas avec les autres, celle de sa grandissante collection, parce que cela aurait été tricher. On était à table, prêt à manger un pauvre dîner de fèves, avec pour viande les dures carcasses de deux pies que John avait réussi à abattre au fusil de chasse dans le jardin. Il y eut un brusque coup de sonnette à la porte d'entrée. Et Laurent, stupéfait, vit brusquement ces jeunes gens bien élevés se lever brusquement de table sans plier leur serviette ni s'excuser, et courir dans le jardin. Par la fenêtre, il les vit escalader le mur de la villa voisine et disparaître. Pour reparaître, d'ailleurs, le lendemain, comme si de rien n'était, comme si cette action bizarre avait été la plus naturelle du monde, un exercice de gymnastique, peut-être. Laurent comprit, mais beaucoup plus tard, qu'il devait y avoir eu un code aux coups de sonnette de l'entrée, que la tante Jeanne avait oublié ce soir-là de sonner selon le code, et que, par prudence, les deux clandestins avaient fui.

Une nuit de la fin de 1942, une nuit orageuse, Laurent se réveilla brusquement d'un rêve angoissant et, sortant de sa chambre, alla pieds nus jusqu'à l'escalier descendant au premier étage où se trouvait la chambre de ses parents. Il y avait de la lumière plus bas, au pied des marches. Il entendit des voix et, se penchant par-dessus la rampe, il aperçut son père sur le pas de la porte d'entrée. Il se préparait à sortir. Laurent le vit s'effacer pour laisser passer quelqu'un, dont il ne vit pas le visage. Ce fut très bref, la porte se referma, mais il fut persuadé que le compagnon de son père était Tom Wedderburn. Quand il posa la question à sa mère le lendemain, elle rit et dit :

– Mais voyons, tu sais bien que Tom est en Angleterre. Il ne reviendra qu'après la Victoire.

Laurent ne fut pas convaincu.

On ne comprenait pas bien ce qui se passait, mais on sentait qu'il y avait du mystère ; que ce mystère avait à voir avec la guerre. Tout cela était fort excitant.

Un soir de janvier 1944, John prit Laurent à part et lui dit que peut-être, sans doute pas, mais peut-être, il pourrait avoir à quitter quelque temps la maison et qu'il fallait que Laurent prenne soin de sa mère quand il ne serait pas là. Il dit qu'il voulait une promesse ; une vraie promesse, une promesse de gentleman. Et il insista :

– Donne-moi ta parole ! Ta parole de gentleman !

Il expliqua à Laurent qu'un gentleman ne trahissait jamais sa parole, « *his word* ». Que c'était un devoir absolument sacré. Il avait l'air très ému. Laurent le fut aussi ; promit.

Le chef de la Gestapo, le commandant Geideherr, et le chef de la Milice, Giboux, jouaient au
golf par plaisir, certes, mais aussi pour conférer. Les
deux petits garçons qu'ils prenaient pour caddies
(tantôt l'un, tantôt l'autre, tantôt les deux) étaient
pour eux parfaitement inoffensifs et ils s'entrete-
naient très librement sans faire trop attention à
leurs oreilles. Or ces oreilles étaient fort fines.

Un matin de mars de la même année 1944, John
Akapo dit au revoir à sa femme et à son fils et partit
pour un rendez-vous important, dangereux et
secret. Laurent devait le rejoindre au même endroit,
sur la falaise, près du phare, à la fin de sa journée,
à cinq heures. À onze heures du matin, à quelques
phrases surprises entre gestapiste et milicien, où
revenait avec insistance le mot « phare », Laurent
devina que les Allemands s'y trouveraient deux
heures plus tôt. Il lui fallait prévenir son père.
Comme il ne pouvait pas quitter son travail sans
attirer les soupçons, comme NO finissait le sien à
deux heures, il lui expliqua tout et le supplia de
porter le message à sa place.

— D'accord, dit NO. Qu'est-ce que tu me don-
neras en échange ?

— Tout ce que tu voudras.

— Vraiment ? Tu me le jures ?

Laurent jura.

Deux mois plus tard, c'était quelque temps avant la bataille de Normandie, le débarquement des Alliés avait eu lieu, John Akapo fit parvenir un message à sa famille, par des voies mystérieuses. Il était à Londres, sain et sauf.

Moins d'une semaine après, une lettre obscure de la tante Jeanne, reçue à la villa, laissait entendre qu'il était venu les voir. Elle écrivait : « Notre cousin est reparti en bonne santé. »

Mais ce fut tout.

La Libération eut lieu. On dansa dans les rues de B. On embrassa les soldats américains et anglais. Ils distribuaient des cigarettes, du chocolat, des pilules d'huile de foie de morue, pour les vitamines. Éléonore et Laurent attendaient. Ni John ni Tom ne revenaient. On ne savait rien, rien. Laurent s'efforçait de rassurer sa mère, qui pleurait beaucoup.

Dès que la nouvelle de l'arrivée à Londres de son père était parvenue à B., Laurent était allé trouver son ami Norbert et lui avait demandé ce qu'il exigeait de lui en échange du service rendu.

— Je veux, dit NO, des balles de golf.

— D'accord, combien ?

— J'en veux cinquante-cinq mille cinq cent cinquante-cinq.

— Quoi ?

— Tu m'as bien entendu. J'en veux cinquante-cinq mille cinq cent cinquante-cinq.

— Mais comment est-ce que je vais faire ? Je n'ai pas d'argent pour acheter cinquante-cinq mille cinq cent cinquante-cinq balles de golf ! s'écria Laurent.

— Je n'ai pas fini, répondit NO. Ces balles, tu ne les achèteras pas, tu ne les voleras pas, tu ne les mendieras à personne. Je veux que toutes ces balles soient des balles jouées, des balles perdues que tu ramasseras sur le golf.

— Mais il va me falloir des années !

— Je sais. Mais tu as promis.

— J'ai promis. Je tiendrai parole.

L'Allemagne nazie s'effondrait. Les armées soviétiques s'approchaient de Berlin. Russes et Américains se rencontrèrent sur l'Elbe. Berlin fut pris. Le drapeau rouge flotta sur le Reichstag. On disait que Hitler était mort dans son bunker. Le 8 mai 1945,

ce fut la fin. Ce fut le commencement de l'après-
guerre.

Le lendemain même Éléonore Akapo reçut une
lettre. C'était une lettre de Thomas Wedderburn.
Elle n'avait pas été écrite par lui, car, disait la lettre,
il était encore trop faible. La lettre annonçait simplement que le colonel Wedderburn avait été libéré
du camp de Buchenwald et serait rapatrié vers la
France, dès que son état le permettrait. À la fin de
la lettre, rédigée en anglais dans un style tout militaire, on avait ajouté : « Son ami, M. Akapo, est
avec lui. » Ces mots, lus et relus, plongèrent Laurent et sa mère dans des abîmes d'espérance et
d'inquiétude. Ils étaient vivants ; mais ils étaient si
faibles qu'ils n'avaient pas même pu mettre un mot
de leur main sur ce papier officiel. Et c'était Tom
seul dont on disait qu'il allait arriver en France.
Ou bien la lettre voulait dire que John l'accompa-
gnerait. Après trois semaines d'attente angoissée,
une nouvelle lettre, dans le même style, invita
Mme Akapo à venir à Paris dans les prochains jours
accueillir le colonel Wedderburn, qui avait donné
son nom comme celui de la personne qui pourrait
prendre soin de lui à son retour. Les déportés,
était-il dit encore, sont reçus tous les jours à l'hôtel
Lutétia. On ne pouvait préciser la date exacte
d'arrivée de tel ou tel. Éleonore et Laurent prirent
aussitôt le train pour Paris. Ils logeraient chez un
vieux cousin, rue d'Assas, dans le VIe arrondisse-

ment de la capitale. L'hôtel Lutétia n'était pas loin. Leur anxiété était grande. Ils étaient heureux du retour annoncé de Tom. Mais la deuxième lettre n'avait pas dit un mot de John. Laurent essayait de rassurer sa mère. La première lettre n'avait-elle pas dit que John Akapo était avec son ami ? « Son ami, M. Akapo, est avec lui », répétait-il pour la convaincre ; pour se convaincre. Entre-temps, des nouvelles horribles avaient commencé de paraître dans la presse : les premiers témoignages sur les camps nazis. Et il y avait même quelques-unes de ces images qui allaient hanter les yeux de l'après-guerre, celles prises par le photographe Thomas Rogers dans le camp de Bergen-Belsen. (On allait savoir pire : Auschwitz.) Éléonore essayait de ne pas imaginer que son mari était comme l'un de ces squelettes en pyjama rayé, aux yeux presque enfouis dans leurs orbites, au regard fou. Mais elle ne pouvait s'empêcher d'y penser.

Le voyage fut interminable. La circulation ferroviaire était rétablie, mais il y avait encore des ponts non reconstruits sur les rivières. La traversée de la Loire prit trois heures. On manquait de charbon pour les locomotives. Et Paris continuait à avoir faim. En plus, il faisait froid. Sur l'immense foule joyeuse qui défila le 1ᵉʳ mai de la Concorde à la Nation il était même tombé quelques flocons de neige.

Tous les matins, pendant des jours, la mère et le fils se rendirent à l'hôtel Lutétia. Ils se mêlaient aux familles anxieuses. Certains attendaient un frère, d'autres une épouse, un père, un mari, une fiancée. Certains savaient que celui ou celle qu'ils attendaient allait venir. D'autres venaient sans rien savoir, seulement poussés par une espérance tenace. L'endroit était sinistre. Il avait servi de lieu de torture à la Gestapo.

Le matin où Tom arriva, ce fut lui qui vint vers eux. Ils ne l'avaient pas reconnu tant il était maigre, affaibli. Il vint vers eux, et ils comprirent tout de suite ce qu'il allait leur dire. John était mort. Libre, mais mort. Le typhus... Éléonore s'évanouit.

9

Quelques jours après sa conversation fatidique avec NO, assis sur son lit, il avait posé devant lui les malheureuses dizaines de balles de sa collection. Il les compta et se mit à réfléchir. « Je viendrai, lui avait dit NO, de temps en temps voir où tu en es, si ça ne te dérange pas. » Laurent regarda les murs nus de sa chambre. Puis, il prit dans le tiroir de son bureau un tube de colle forte, prit une balle de golf, la colla contre le mur, en haut du mur, dans le coin gauche, prit un crayon, écrivit en noir sur le papier peint du mur le chiffre 1 au-dessus de la balle et en dessous, en bleu, la date, 21 août 1944. Ensuite il commença à aligner toutes les autres balles, une à une, en les numérotant.

Quand NO aperçut le dispositif, il se montra très satisfait : cela permettrait effectivement de suivre sans peine la progression. Il fit cependant observer qu'avec le temps les chiffres et dates au crayon risquaient de s'effacer. Laurent ne dit rien mais à quelques jours de là, il détacha toutes les balles qu'il avait collées sur le mur et choisit un nouveau dispositif auquel il devait désormais plus ou moins rester fidèle. Chaque balle était maintenant placée sur une petite languette de bois, retenue de tomber par deux clous. Les chiffres indiquant son numéro d'ordre dans la série étaient peints en bleu, et les dates en noir.

Le nouveau numéro 1 fut peint le 11 juin 1945, le jour du retour à B. d'Éléonore Akapo et de son fils. Et c'est cette même date que Laurent mit en dessous des trois cent dix-sept premiers chiffres de la série (nombre auquel il était parvenu à ce jour).

Thomas Wedderburn était venu à B. avec eux. Quand il repartit en septembre pour l'Angleterre, il les invita vivement à le rejoindre à Londres, dès que l'état du Royaume-Uni, des transports maritimes, du ravitaillement et de la reconstruction le permettrait. Ils pourraient s'installer en Écosse, où la famille les accueillerait avec tous les soins de la légendaire hospitalité écossaise. Il ne restait pas une miette des locaux de Wedderburn, Wedderburn & Akapo, ni de leurs entrepôts, ni de leurs réserves, mais il y aurait bien assez d'argent pour payer les études de Laurent.

Mais Laurent refusa tout net. Il ne donna aucune raison très claire, sauf qu'il ne voulait pas. Il ne pouvait pas donner la vraie raison, la tâche que venait de lui imposer la promesse faite à NO. Tom réussit seulement à extraire d'Éléonore l'engagement qu'elle penserait à son offre, quand la plus grande violence du deuil serait passée. Puis il partit.

L'oncle Anselme était mort dans les derniers jours d'août 1944, juste avant la libération de Lyon. La tante Jeanne vendit la maison et vint habiter avec eux. Ils avaient un peu d'argent ; pas beaucoup, mais assez. Tom envoyait régulièrement quelque somme, provenant, disait-il, des intérêts de la vente de l'affaire. Il était resté dans l'armée, et leur écrivait de pays lointains, d'un peu partout dans le rétrécissant Empire britannique : l'Inde, l'Égypte, le Canada. Laurent répondait.

Éléonore ne quittait presque plus sa chambre. Elle pleurait. Tous les souvenirs de John, toutes ses affaires avaient été transportés du côté *Voilà* de la villa, et la porte du couloir de communication entre les deux ailes fermée à clef. La tante Jeanne s'occupait de tout, faisait les courses, la cuisine, le ménage. Elle n'était plus aussi bavarde. Laurent était devenu silencieux, presque muet. Il ne pensait plus guère qu'à sa tâche. Il y passait la quasi-totalité de son temps. Quand sa mère vit les murs de sa chambre se remplir inexorablement de cette collection invraisemblable, elle lui demanda pourquoi il se livrait à cette opération ; il ne répondit rien et elle le crut fou.

M. Château avait pris sa retraite. Quand Laurent cessa brusquement de se rendre au lycée, le professeur de mathématiques dont il était l'élève le plus doué s'inquiéta et lui demanda d'intervenir. M. Château, qui avait été un des membres les plus efficaces du réseau de Résistance de John Akapo, vint à la villa, et essaya de tirer de l'enfant et de la mère quelque explication de cette décision si regrettable. Laurent, buté, ne répondit rien. M. Château lui représenta qu'il se coupait sans doute d'un avenir scolaire brillant, d'études universitaires probables même ; rien n'y fit. Éléonore pleura.

Le printemps de 1946 fut beau. Il y avait encore des restrictions mais les boutiques se remplissaient peu à peu. La chocolaterie Couarat recommençait à prospérer. Mme Couarat était toujours revêche, M. Couarat avait son chapeau noir. Il était entré au conseil municipal sur la liste UDSR (Union démocratique et socialiste de la Résistance) : à la droite de la gauche et à la gauche de la droite. C'était la combinaison indispensable, à l'époque, dans les changeantes majorités de la Quatrième République.

Éléonore s'affaiblissait. Elle se nourrissait à peine, en dépit des efforts de Jeanne et de Laurent. Parfois elle délirait légèrement, voulant se lever pour vérifier que la table des oiseaux était fournie de miettes. Mais il y avait des années qu'il n'y avait plus de *bird-table* à la villa. Le jardin périclitait. Jeanne avait bien essayé, au début, d'y remettre les choses en ordre, d'enlever les mauvaises herbes envahissantes, de soigner les arbres, comme elle l'avait fait chez elle, dans le grand jardin de Lyon. Mais elle avait trop à faire ; et elle n'avait plus assez de forces. Laurent ne l'aidait pas.

Éléonore regardait Laurent, pour lire sur son visage les progrès de ce qu'elle pensait être sa folie. Elle était sûre qu'il était devenu fou. C'est cette conviction effrayante autant que le chagrin qui sans aucun doute précipita sa mort. Elle mourut en juin, presque un an, jour pour jour, après le moment où elle avait appris la mort de John.

Laurent ne pleura pas, fit l'apparition la plus courte possible (avec Jeanne, toute cassée, et NO) au cimetière, et retourna sur le terrain de golf : chercher.

Quand sa mère mourut, il avait rassemblé son premier millier de balles de golf.

10

Laurent aurait pu, après la mort de son père, se dégager de la promesse faite à NO. Il était vrai que NO l'avait aidé, avait sauvé son père de l'arrestation près du phare ; mais à la fin des fins les nazis l'avaient quand même attrapé, et tué. Alors, à quoi bon, aurait-il pu plaider devant lui-même ? La mort n'est pas réparable. Mais en fait, il ne pensa pas une seconde à ne pas tenir sa promesse. Il se souvenait d'une des leçons les plus fortes, les plus nettes, qu'il avait jamais reçues. Son père avait dit : on ne revient jamais sur sa parole. *A gentleman always keeps his word !* De plus, cette promesse tenue serait un hommage à son père. Elle ferait qu'il penserait à lui sans cesse, qu'il n'oublierait pas son courage, son sacrifice. Pendant les premiers mois, se retenant de pleurer, il se renforçait dans sa résolution. Ensuite, il n'y pensa même plus. Sa voie, pour des années, sinon pour toute sa vie, était désormais tracée.

Son enfance avait prit fin à l'hôtel Lutétia, au

mois de juin 1945. C'est presque comme un adulte qu'il examina froidement ce qu'il lui fallait faire.

Très vite, il avait compris qu'accumuler cinquante-cinq mille cinq cent cinquante-cinq balles dans les conditions imposées par sa promesse lui prendrait beaucoup, beaucoup de temps. Cela impliquait évidemment qu'il ne pouvait envisager de poursuivre des études. Tout son temps, toute son énergie devaient être consacrés à un but unique : trouver le plus possible de balles de golf perdues, jour après jour, semaine après semaine, année par année, oui, année après année. Il n'y avait qu'une solution : devenir un caddy professionnel. On l'engagea.

C'était le meilleur de tous les caddies : ponctuel, attentif quoique taciturne ; prêt à toutes les heures supplémentaires, par n'importe quel temps ; même les dimanches, même les jours de fête. Les années passant, on s'étonna bien de le voir s'obstiner dans ce métier subalterne et sans avenir ; mais il dit qu'il ne voulait rien d'autre ; il était pupille de la nation, son père un héros. On n'insista pas. Il devint aussi indispensable au terrain que l'herbe.

NO venait parfois jouer. Il avait grandi. Il avait arrêté ses études au baccalauréat. Et il menait la vie amusée et désabusée du jeune homme de bonne famille. C'était un « zazou », comme on disait. Il avait les cheveux trop longs, il fumait. Il se dissipait, mais sans commettre d'excès excessifs. Il n'avait pas non plus de besoins d'argent démesurés pour mener cette vie : n'était-il pas le fils Couarat, le futur héritier de la grande chocolaterie de l'avenue de la Reine-V. ? Car la fortune des Couarat s'amplifiait, s'arrondissait, s'assurait. M. Couarat père avait ouvert un autre magasin en ville, deux ou trois dans les villes voisines de B., y compris la plus grande, proche et rivale. La revêche Mme Couarat s'était éteinte sans laisser à son mari ni à son fils de forts regrets. Il y avait maintenant une deuxième Mme Couarat, beaucoup plus jeune, aux robes trop courtes, à la bouche rouge, aux joues fardées. Elle était fille d'un grand chirurgien, un collègue du chocolatier au conseil municipal. On la voyait aux courses de chevaux plus souvent qu'aux magasins. Elle passait en voiture de sport, en « décapotable » au côté de son jeune (à peine plus jeune qu'elle) beau-fils. Elle avait « mauvais genre ». On jasait. Elle accompagnait NO au golf. Laurent était cérémonieux ; froid ; avec elle, avec NO.

Ce fut l'an 50, l'an 51 ; ce fut 1952.
Laurent Akapo avait grandi. Il fut un grand jeune homme aux cheveux plutôt bruns, mais souvent rendus plus clairs par le soleil, aux bras nus hâlés, au regard aigu, un peu rêveur ; lent et distrait quelque peu ; n'ayant pas son pareil pour suivre la trajectoire des balles, ramasser celles qui étaient ramassables, remplacer celles qu'il déclarait

perdues. Il était absolument sobre, rigoureusement honnête, infatigable. Il ne s'intéressait qu'à son métier.

À vingt ans un trouble nouveau, sous le nom d'amoureuses flammes, lui fit trouver belles certaines belles golfeuses, qui ma foi ne le trouvèrent pas laid. Il était pour elles une énigme taciturne. Poli mais toujours indifférent en apparence, il ne leur montrait pas l'émoi purement physiologique où quelques-uns de leurs yeux, où certaines de leurs tenues estivales le jetaient. Mais elles le sentaient. Il venait bien des demoiselles et des dames sur les greens, dont le golf n'était pas la préoccupation première. Il en venait par ennui, il en venait par curiosité, il en venait qui accompagnaient leurs amants, maris, ou autres parents. Elles aimaient ses mains sur les leurs quand il leur montrait la position correcte des clubs. Elles le réclamaient comme caddy. Elles lui donnaient des pourboires exagérés qu'il refusait poliment. Elles l'interrogeaient sur sa vie, sur ses amours. Il répondait évasivement. Elles l'invitaient à boire à la terrasse de leur hôtel. Il refusait. Une fois, quelqu'une le raccompagna à la villa. C'était un soir de printemps. Il la laissa entrer avec lui.

Alors des dames frémissantes, des demoiselles hardies vinrent parfois le retrouver dans sa chambre, silencieusement pour ne pas déranger la vieille tante Jeanne. Toutes ces balles sur les murs les intriguaient. Mais il écartait en plaisantant leurs questions, les embrassait, les déshabillait, les jouissait, les rhabillait, les renvoyait. Les balles avaient commencé à déborder de la chambre dans le couloir. Les belles golfeuses bienveillantes n'étaient que des liaisons passagères : des vacancières pendant la saison, des bourgeoises mariées et désœuvrées pendant le reste de l'année. Elles ne s'attachaient pas à ce garçon un peu étrange, distant même quand il était infiniment près. Il ne s'attachait pas non plus, n'oubliant jamais un instant sa mission. Même en faisant se lever leurs seins, intérieurement il comptait.

Quelques messieurs s'intéressèrent aussi à lui, mais il ne sembla pas s'en rendre compte. Nul n'insista.

Une seule fois, une seule, il fut (presque) amoureux. Elle s'appelait Marie-Laure ; elle était belle. Elle avait de beaux yeux pleins et marron, de beaux seins vivants, aux pointes roses et sensibles, de beaux et caetera. Elle vint plusieurs fois chez lui. Elle voulut dormir dans son lit. Il hésita. Il céda. C'est pendant la nuit qu'il murmurait ses nombres, qu'il peignait et vérifiait ses dates. Marie-Laure se réveilla, le chercha dans les draps, ne le trouva pas, sortit de la chambre. La lune brillait, l'océan semblait s'être approché, haleter sous elle.

— Qu'est-ce que tu fais ?

— Tu vois, je peins, et je compte.

— Et quand t'arrêteras tu ?

— Quand j'en aurai assez.

— Assez, c'est combien ?

Il le lui dit.

— Pourquoi ?

Il ne répondit pas.

— Tu es fou.

Il resta silencieux. Elle sentit qu'il y avait là un mystère. Grave.

— Si tu ne me dis pas pourquoi, je m'en vais.

Il hésita, mais ne put se résoudre à lui révéler son secret. Elle partit. Il la laissa partir. Elle ne revint pas. Alors, il cessa de regarder les femmes.

Il n'avait pas été entièrement amoureux de Marie-Laure. Toute sa capacité d'amour s'était concentrée dans l'enfance sur Marie-Ange, cette petite fille qu'il n'avait vue que deux fois. Il l'aimait encore, Marie-Ange, de plus en plus vague et blonde et dorée et vaporeuse et angélique dans son souvenir avec les années, avec la tristesse, avec le malheur. Il ne l'imaginait pas partageant ses jeux déshabillés de dames et de demoiselles.

Un jour du printemps de 1953, il la vit. Il sortait du terrain, son sac de balles sur l'épaule, et elle venait à sa rencontre dans l'avenue. C'était elle. Il la reconnut sans hésiter. C'était maintenant une grande jeune fille élégante, mince ; toujours blonde ; mais sans natte. Elle n'était pas en robe blanche. Mais c'était elle. Ses yeux étaient toujours violets. Ses grands yeux étaient violets, de la couleur de la plus belle des agates de sa collection de billes, depuis longtemps dispersée. Il se préparait à passer sans un mot, sans un signe de reconnaissance. Mais elle s'arrêta, sourit, et dit en lui tendant la main :

– Bonjour Laurent.

Il resta muet. Elle se mit à marcher à côté de lui. Elle parlait. Il ne répondait rien. Elle avait un parfum ténu, frais, de l'eau de cédrat. Elle était étudiante en philosophie à Paris. Elle était belle, sérieuse, lointaine. Elle venait voir ses parents, son oncle M. Château, à la retraite maintenant. Elle savait manifestement par lui ce qui s'était passé, les morts, son étrange vocation. Mais elle ne lui posa pas de questions, respectant son silence. Devant la villa, elle lui tendit de nouveau la main, le regarda de ses incroyables yeux et lui dit :

– Au revoir, Laurent.

Son ton était légèrement interrogateur. Laurent resta muet. Elle le regarda de nouveau, comme si elle allait dire autre chose, puis se ravisa et partit vers le haut de l'avenue. Dans la nuit, pour la dernière fois de sa vie, il pleura.

11

Aux environs de ce temps-là, la tante Jeanne mourut ; ou plutôt s'éteignit. Dans les derniers mois, elle était devenue sourde, et divaguait un peu, se croyant revenue à Lyon, parlant de nettoyer le jardin, de planter de nouveaux arbres fruitiers. Elle était redevenue bavarde comme autrefois, mais ses propos étaient presque inaudibles. Elle s'étonnait de constater qu'Éléonore ne descendait pas de sa chambre pour le dîner. Mais elle continuait à faire les courses, la cuisine, le ménage dans le peu de pièces qu'ils occupaient à eux deux. Personne ne venait les voir. Un jour, elle tomba dans la cuisine, dit « Laurent » puis « le pauvre petit » ; et mourut.

Laurent régla toutes les formalités. Tom envoya un télégramme d'Afrique du Sud. D'un murmure de notaire Laurent saisit qu'il héritait de la villa et qu'une fois payés toutes sortes de droits, compte tenu des différentes dévaluations et dépréciations des monnaies, des loyers, des rentes et portefeuilles, il lui restait un peu de sous pour vivre. Comme il n'était guère dépensier, cela suffirait. Et ses modestes émoluments et pourboires pouvaient être mis de côté, pour le jour où... ; pour après. Cet « après », la plage de temps suivant l'achèvement de sa tâche, restait vague dans son esprit.

Le lendemain de l'enterrement de la tante, il prit la clef du corridor dans la cuisine, et rouvrit l'aile *Voilà* de la villa. Il prolongea de trois jours son congé du golf, et entreprit de transférer la totalité de la collection murale des balles dans la pièce située symétriquement à la sienne de l'autre côté. Mais il continua à habiter dans l'aile *Voici*, séparant complètement dans l'espace les activités de survie (manger, dormir, lire...) de celles qu'exigeait l'accomplissement de sa promesse.

Les visites de NO étaient maintenant mensuelles. Il venait, très régulièrement, le troisième jeudi du mois à dix-neuf heures. Il ne s'était pas montré à l'enterrement de Jeanne. Quand il arriva, le jeudi suivant, et pénétra dans la chambre de Laurent, voyant les murs nus, il pensa que celui-ci avait décidé de renoncer. Il eut un petit sourire. Mais Laurent dit tout de suite que non, il n'avait pas renoncé. Simplement, il préférait continuer sans être surveillé ni dérangé, qu'il avait mis les balles ailleurs, et qu'il préférait que NO ne vienne plus.

— Mais, dit NO, qu'est-ce qui me prouve que tu n'as pas en fait abandonné, et trahi ta promesse ?

– Tu as ma parole. Mais je n'ai promis qu'une seule chose : te donner les cinquante-cinq mille cinq cent cinquante-cinq balles quand je les aurai rassemblées. Rien ne m'oblige à te les montrer avant.

– Bon, dit NO. Comme tu voudras.

Mais il s'en alla mécontent.

Dans le bureau de John Akapo, poussiéreux après tant d'années d'abandon, Laurent découvrit un sac, contenant les clubs qui avaient été ceux de son père. Il y avait là un vieux club, en bois d'aubépine, dont Tom lui avait dit qu'il avait appartenu au légendaire Hugh Philp. Il l'emporta dans sa chambre.

Il n'avait pas poursuivi d'études. Il avait lui-même appris à lire l'anglais. Il s'entraînait à l'anglais parlé avec les joueurs de ce pays qui, dès la fin des années cinquante, une certaine prospérité revenue, avaient repris le chemin de B. et leurs habitudes d'avant-guerre. Il ne lisait presque que des livres sur le golf, sur son histoire, ses techniques, des biographies de ses champions. Pour se distraire et se perfectionner dans la langue, il lisait des romans policiers anglais, en anglais : de vrais polars à énigme ; pas ces affreux romans « noirs » violents à l'américaine, au contenu de pensée plutôt réduit, à la phrase médiocre. Il avait acheté *Murder on the Links (Meurtre au golf)*, d'Agatha Christie, sur la foi du titre, mais il l'abandonna, déçu, car il n'y était pour ainsi dire jamais question du golf. Un seul détail l'amusa : la manière dont Hercule Poirot prononce « Boun-quaire », pour bunker ; comme s'il s'agissait d'un mot allemand mis en français ; ou en belge, puisque Poirot est belge. D'ailleurs tous les joueurs qu'il suivait et auxquels il expliquait parfois les termes du jeu semblaient persuadés aussi que le mot venait bien de l'allemand. Ils croyaient qu'on s'était inspiré de ces casemates de béton dont la Wehrmacht avait farci la côte océane, le fameux Mur de l'Atlantique qui devait empêcher le débarquement des Alliés. Quand Laurent les détrompait, ils étaient surpris. Les bunkers à l'allemande avaient presque tous été détruits mais il en restait un, non loin du phare. Il était placé au-dessus d'une petite plage reculée et presque toujours déserte, car le grand envahissement des côtes par les résidences secondaires n'avait pas encore pris toute son ampleur. Laurent venait là parfois, dans cet endroit isolé, dissimulé du côté de la terre par des arbres, du côté de l'océan par les rochers. Caché, tranquille, il pouvait lire, rêver aux temps passés. Il entendait la voix de Tom racontant des histoires extravagantes sur le jeu : comment un renard, dans les Orkneys, avait pris l'habitude d'assister aux parties et comment un jour, au moment où le champion du club allait donner le coup décisif du championnat, il s'était brusquement approché et avait subtilisé la balle juste au moment où elle allait tomber dans le dix-septième trou. NO et lui avaient écouté bouche bée, ne sachant pas s'il fallait croire Tom ou pas. À ces souvenirs Laurent souriait. Cela lui faisait mal ; cela lui faisait du bien. Les vagues se brisaient à ses pieds, en bas, sur les rochers, avec des fureurs d'écume. Les mouettes se disputaient. Les grands arbres secouaient leurs têtes, bruissaient. Le vent montait, tombait. C'était un vent comme en Écosse, peut-être. Il pleuvait brusquement, mouillant les pages du livre.

Une fois abandonné le plaisir des dames, telles furent ses seules distractions. Il n'allait jamais au cinéma.

En 1961, un jour brusquement, il vit entrer sur le terrain un Allemand. Il était habillé sobrement, en civil, mais son cœur le reconnut avant sa tête : non seulement c'était un Allemand, mais c'était le commandant Geideherr, l'homme de la Gestapo. Il revenait sur les lieux de son crime, effrontément, sûr de l'impunité. À la Libération, son âme damnée, le milicien Giboux, s'était enfui en Espagne ; on disait qu'il coulait des jours heureux et argentés sur la Costa Brava. Mais il n'avait jamais reparu dans le pays, où les vieux de la Résistance, ceux qui avaient gardé leur fusil dans leur cave, avaient juré qu'« on lui ferait la peau ». L'Allemand, lui, semblait ne rien craindre. Laurent était ivre de colère ; et d'impuissance. Faire un scandale, et ce serait la perte de son emploi, l'impossibilité de tenir jamais sa promesse ; une trahison de la mémoire de son père. Il lui fallut dissimuler, comme autrefois, pendant les guerres de Religion, à la Renaissance, ceux qu'on appelait les nicodémistes, ces protestants qui continuaient d'aller à la messe dans les pays catholiques, pour échapper aux persécutions (et réciproquement). Laurent eut honte de ce qui était un mensonge, au moins par omission : ne pas montrer sur son visage le dégoût que lui inspirait la vue de cet homme. Il se permit seulement, pour la seule et unique fois, d'égarer délibérément une balle. Il la ramena chez lui, mais ne la plaça pas sur son mur.

En 1965, pour le vingtième anniversaire de la capitulation nazie, il y eut une cérémonie solennelle à B. Le père de NO, maintenant député (on disait qu'il serait bientôt ministre), fit un discours où il parla avec émotion des résistants disparus, morts fusillés ou en déportation. Il fit un éloge très flatteur du rôle qu'avait joué son ami John Akapo, en liaison avec ses autres amis, britanniques. L'ambassadeur d'Angleterre était venu tout spécialement de Paris. NO n'était pas là. Laurent assista à la cérémonie. De nombreux anciens amis de son père, des membres de son réseau, parmi eux le vieux tonnelier, M. Dusseaux, s'approchèrent de lui et demandèrent de ses nouvelles.

Cet événement éveilla brusquement en lui le désir d'en savoir plus sur la guerre. Il commença à lire des livres à ce sujet. Il lut les Mémoires de Winston Churchill, son héros d'autrefois ; des livres sur l'histoire de la Résistance à B., et dans la région. Il alla voir M. Château, et les quelques autres survivants de cette époque dont il put retrouver la trace. Il les interrogea, essayant de se faire une idée sur ce qu'avaient été ces années terribles et exaltantes pour ses parents, pour son père. Il se permit de recommencer à penser à son père comme à un héros.

Une « affaire » secouait (très légèrement d'ailleurs) le pays à ce moment. Il la découvrit dans un journal laissé au club. Elle le fascina. L'affaire de la Grande Chartreuse, ou affaire Serval.

Industriel, ancien résistant de la première heure, Robert Serval avait disparu. On avait retrouvé sa voiture, abandonnée dans une rue de Caluire, près de Lyon.

Cette disparition faisait grand bruit dans la presse.

Laurent lut, dans un hebdomadaire à fort tirage :

Médaille de la Résistance, ancien député, ancien ministre, Robert Serval était à quelque soixante ans l'un de ces hommes d'affaires modèles dont l'énergie et le dynamisme permettent aujourd'hui à la France de tenir la place qu'elle tient.

On rappelait sans cesse sa « biographie » héroïque.

Son pseudonyme dans la Résistance était Louviers. Il était né en 1918 à B. Il était entré dans la Résistance en 1941. À Lyon, où il se trouvait en 1943, il s'occupait d'une librairie qui faisait office de boîte aux lettres. La boîte aux lettres découverte, il s'était enfui dans les Alpes, en Chartreuse.

Chef d'un maquis (FFI) en mai 1944, dans la Grande Chartreuse, il avait échappé à l'arrestation et au massacre lors de l'attaque par la Milice de la grotte où il s'était réfugié avec ses hommes et un commando anglais parachuté pour leur venir en aide.

Le journal *Le Monde*, toujours disert et scrupuleux sur les détails secondaires, rappelait à chaque article ou presque le nom des membres du commando, composé d'Anglais, de Néo-Zélandais, de Canadiens, de Français Libres (de ceux qui s'étaient engagés aux côtés des Anglais à la suite de l'appel du général de Gaulle). Tous les Français maquisards, à l'exception de ceux, dont Louviers-Serval, qui avaient réussi à s'enfuir, avaient été fusillés sur-le-champ. Les membres du commando qui avaient survécu à l'assaut avaient été remis à la Gestapo, qui les avait déportés. Le chef du commando était un Anglais de l'OSS (l'Organisation secrète anglaise), le colonel Wedderburn.

Y avait-il eu trahison ? Telle était la question que la disparition de Robert Serval remettait sur le tapis. Immédiatement après la guerre, des bruits avaient couru : le commando aurait été « livré ». Les trois survivants anglais, revenus de la déportation, n'avaient rien voulu dire de leurs soupçons, s'ils en avaient. Les autorités militaires et diplomatiques anglaises, interrogées par des reporters, s'étaient montrées évasives. Le silence s'était fait sur cette affaire. La mort étrange de Serval la faisait ressortir de l'ombre brusquement.

Laurent lut et relut plusieurs fois ce nom : le « colonel Wedderburn ». Pendant que Tom, après son retour de déportation, se remettait chez eux de ses épreuves, il n'avait pas eu l'occasion, ni la curiosité, ni le courage de l'interroger sur les circonstances de son arrestation, pas plus que sur celle de son père, qu'il devait connaître, puisqu'ils avaient été ensemble dans le camp. Il eut tout à coup le désir de savoir.

Son assiduité sur le terrain de golf était intense. Il était parfaitement professionnel, impeccable dans sa tenue, irréprochable dans son service, il faisait toutes les heures supplémentaires qu'il pouvait, tous les remplacements qui se présentaient. On le demandait souvent comme caddy. Un tel zèle avait fini par susciter quelques mécontentements, quelques jalousies. Longtemps, il avait refusé de prendre le moindre jour de congé, la moindre vacance. Un jour, très gêné, le « caddy-master » (le chef des caddies) l'avait fait venir dans son bureau et lui avait expliqué, avec des circonlocutions, qu'il avait besoin sans doute d'un peu de repos, qu'il devrait peut-être partir quelques jours, changer d'air. Comme Laurent ne semblait pas comprendre où il voulait en venir et disait qu'il était parfaitement bien comme cela, le caddy-master finit par lui révéler qu'on s'était plaint, qu'on pensait qu'il voulait garder tous les pourboires pour lui. Bien sûr, lui, le caddy-master, n'en croyait pas un mot. Laurent était son meilleur caddy ; c'était de la jalousie, ceux qui se plaignaient feraient mieux de faire leur travail plus sérieusement. Mais enfin, il fallait que Laurent comprenne, il était obligé de maintenir au moins un semblant d'harmonie dans son équipe, etc., etc. Laurent dit qu'il comprenait très bien, prit désormais ses jours de congé hebdomadaires et une partie au moins de ses vacances réglementaires. Il passait ce temps d'oisiveté forcée chez lui, ne sortant guère, allant quelquefois lire et rêvasser près de son bunker.

Il avait, très vaguement, pensé à ce qu'il ferait quand il aurait remis à NO la totalité des balles demandées. Selon ses estimations, quand il achèverait sa tâche, quand il serait allé déverser ses cinquante-cinq mille cinq cent cinquante-cinq balles aux pieds de NO, il ne serait pas trop vieux. Il pourrait alors voyager, aller un peu partout dans le monde, visiter les terrains historiques du golf, par exemple ; ou au contraire, oublier complètement ce jeu et... et quoi ? Il ne savait trop. La décision du caddy-master le retardait ; pas dangereusement certes, mais le retardait quand même. Il n'était même plus sûr, sans trop se l'avouer, qu'il finirait à temps pour pouvoir encore vraiment profiter de ses loisirs. Il n'était pas sûr qu'il aurait jamais envie de profiter de ses loisirs. Il eut alors une idée. Pourquoi ne pas utiliser des vacances à chercher la réponse aux questions que la lecture des journaux parlant de l'affaire Serval avait fait surgir en lui ? Il pensa qu'il lui fallait absolument essayer de retrouver l'image de son père, de découvrir ce qu'avait été sa vie entre le jour où il l'avait vu pour la dernière fois, se préparant au rendez-vous fatal près du phare, et celui de sa mort, à la sortie du camp. Il pensa qu'il serait peut-être ainsi soulagé d'une partie de sa douleur. Et qui pouvait seul l'aider dans cette enquête ? Tom.

Il prit sa décision. Il demanderait un long congé. Il n'était pas à court d'argent. Il avait économisé pratiquement tous ses salaires, tous ses pourboires. Il pouvait se permettre ce luxe.

Mais il lui fallait d'abord retrouver la trace du colonel Wedderburn. Les lettres que celui-ci envoyait régulièrement depuis 1945 s'étaient espacées, puis avaient cessé entièrement. Le retrouver ne fut pas facile. Les autorités britanniques, consulat, Foreign Office, armée, ne répondirent à ses demandes que par des non-renseignements infiniment courtois. Il essaya de se lancer sur la piste du vin. Mais la firme Wedderburn, Wedderburn & Akapo avait changé plusieurs fois de mains depuis la guerre. Akapo avait disparu du nom. Il n'y restait plus qu'un seul Wedderburn, précédé maintenant de Collier & Saintsbury ; qui en outre n'étaient plus à Londres mais opéraient à San Francisco. MM. Collier et Saintsbury ignoraient l'adresse présente de M. Thomas Wedderburn. Il n'y avait plus un seul Wedderburn en chair et en os dans la firme. C'était l'impasse.

Jusqu'à ce qu'il reçoive une lettre de Tom lui-même, en 1968. Tom avait presque soixante-dix ans. Il avait pris sa retraite et s'était retiré dans les Orkneys. Il disait à Laurent qu'il voulait le revoir mais qu'ayant beaucoup, beaucoup bougé dans sa vie, il n'envisageait plus volontiers un déplacement jusqu'à B. Si Laurent pouvait venir, il le recevrait volontiers.

Laurent répondit immédiatement. Il se fit faire un passeport, acheta des guides d'Écosse et des cartes, prit ses billets de train, de bateau, de train encore et encore de bateau pour les tronçons successifs de son voyage et franchit la Manche un jour de mai, juste avant la paralysie totale du réseau ferroviaire français par la grève, lors des fameux « événements de 68 ».

Quelques semaines auparavant, il avait reçu un faire-part. Norbert Couarat lui annonçait son mariage avec Marie-Ange Château.

M. Couarat père était mort l'année précédente, n'ayant jamais réussi à monter plus haut qu'au poste de sous-secrétaire d'État au Tourisme ; et encore, dans un gouvernement qui n'avait duré que trois semaines. Mais avant sa mort il avait réussi à faire tomber dans son empire la dernière chocolaterie indépendante de la région, celle du père de Marie-Ange. On disait que celui-ci s'était suicidé. NO avait hérité de l'empire paternel, de la chocolaterie Château ; et de la fille.

Laurent déchira le faire-part en un nombre considérable de morceaux ; qu'il recolla ensuite au hasard pendant la nuit et punaisa sur un mur nu de sa chambre. C'était une nuit de lune, agitée de violents nuages qui arrivaient en hâte de l'océan. Il laissa cette œuvre d'art une semaine sur son mur, puis alla livrer ces bouts de papier à la marée, qui s'en empara avec indifférence.

TROISIÈME PARTIE

1968-1996

13

Tom l'attendait sur le quai, à Stromness, à la descente du bateau. Laurent le reconnut sans peine. C'était un beau vieillard maintenant, à la lourde chevelure entière, toute blanche. Il portait une moustache de l'Empire britannique, vieux style. Il avait un teint un peu rose, comme distillé d'innombrables whiskys, portos et clarets. Il était resté très droit. Il serra cérémonieusement la main de Laurent, et l'emmena dans sa petite voiture. Ils se dégagèrent sans peine des rues étroites du port, et s'en allèrent vers le nord-ouest. Laurent, intimidé, ne sachant trop quoi dire, suivait sur sa carte leur chemin. Le français de Tom s'était un peu rouillé et il fut soulagé de voir que Laurent ne se débrouillait pas trop mal en anglais, en dépit d'un accent atroce. À sa retraite Tom avait ouvert un restaurant dans cette île, l'île principale de l'archipel des Orkneys. Il s'en occupait assez négligemment. Son compagnon, un jeune Grec chypriote, cuisinait. Tom et lui se parlaient en grec. On dîna. De la musique gréco-turque diffusait doucement dans la salle à manger. Les dîneurs, peu nombreux, étaient presque tous de vieilles connaissances de Tom. Sans avoir jamais lu les romans de John Le Carré, Laurent comprit que c'étaient des anciens de l'Intelligence Service. Mais il ne posa à Tom aucune question à ce sujet. Il n'aurait pas obtenu de réponse. Et il n'était pas venu pour cela.

Le restaurant (un petit peu hôtel aussi, avec trois chambres à peine) était situé dans les collines, à un demi-mile environ d'une très longue plage de sable infiniment fin. De sa chambre, Laurent apercevait la mer infatigable. La plage était pratiquement vide de promeneurs, mais habitée d'innombrables oiseaux. Il y en avait de toutes sortes, des espèces rares, que Tom et Laurent, en marchant sur le sable, dérangeaient à peine. Les Orkneys sont une immense réserve d'oiseaux. Les *oystercatchers* (huîtriers-pies) tournoyaient au-dessus de leurs têtes, commentant leur apparence, leurs manières et leurs propos de réflexions désobligeantes, de leur voix criarde.

Laurent et Tom allaient et venaient sur la plage immense. L'eau transparente, pâle, vert tendre, donnait une envie très grande de se baigner. Mais elle était extrêmement froide. En cet endroit déjà assez nordique du globe, pas si éloigné du cercle polaire, en regardant vers le large on voyait, très nette, la courbure de la terre. Comme si en approchant du pôle la terre devenait plus ronde encore qu'ailleurs. Le soleil s'enfonçait dans les eaux, énorme, rouge, plus orange sanguine que nature. C'était un rare soir sans nuages.

— *What do you want to know ?* (Qu'est-ce que tu veux savoir ?) dit Tom.

— *Everything you can tell me about my father, after he left B.* (Tout ce que tu peux me dire sur mon père, après son départ de B.)

John Akapo, le jour de mars de l'an 1944 où il avait failli être arrêté, avait, comme d'habitude, pris une précaution élémentaire en allant à un rendez-vous de la Résistance. C'était un rendez-vous important avec un agent de la liaison avec Londres, qui devait transmettre des instructions pour le moment, maintenant assez proche, du Débarquement. Il y aurait des parachutages d'armes. Il fallait se mettre d'accord sur les lieux. Il fallait choisir le « message personnel » qui, à la radio de Londres, annoncerait l'événement principal, le franchissement de la Manche par Anglais et Américains (sans oublier Canadiens, Australiens et Néo-Zélandais). John avait choisi celui-ci : *Le soleil se lève à l'ouest, le dimanche.* Quand il entendrait la voix du speaker dire : « Le soleil se lève à l'ouest, le dimanche », puis : « Je répète : le soleil se lève à l'ouest le dimanche », il saurait que le débarquement aurait lieu le surlendemain. Tout le réseau alors serait mis en alerte ; les sabotages de pylônes et de voies ferrées se multiplieraient, pour empêcher les Allemands d'amener des renforts de troupes sur le lieu des combats.

John, donc, une heure avant celle prévue pour le rendez-vous, s'était approché à quelque distance du phare, et, bien dissimulé, avait observé attentivement les environs. Les Allemands étaient là, cachés à peine. Ils étaient, d'une manière très claire, si sûrs de leur fait qu'ils ne s'étaient pas donné trop de mal pour se camoufler. John s'en alla discrètement. Il prévint le réseau, ordonnant la dispersion. Il informa Londres par radio. Quelques jours plus tard, sur une petite plage déserte, un pêcheur venait le prendre et l'emmenait rejoindre un sous-marin anglais.

— Nous nous sommes interrogés longuement, au camp, pour savoir comment les Allemands avaient pu être prévenus du rendez-vous, raconta Tom. À Londres, où je dirigeais plusieurs réseaux, dont celui de ton père, je ne voyais absolument pas comment il aurait pu y avoir une fuite. L'hypothèse la plus vraisemblable était que quelqu'un, à B., quelqu'un du réseau, avait trahi. Mais qui ? Je les connaissais presque tous, j'étais venu plusieurs fois sur place (c'est bien moi que tu avais vu, cette nuit où tu t'étais réveillé, à la villa). À force de tourner et retourner les choses, nous avons fini par nous mettre d'accord sur un nom, que je ne te dirai pas.

Le malheureux s'est tué en voiture juste avant la Libération. Après, ce n'était plus la peine de remuer ces tristes souvenirs.

« Immédiatement après son arrivée à Londres, j'ai emmené ton père ici, dans les Orkneys. Comme le débarquement allié était proche, j'étais chargé d'entraîner un commando qui serait parachuté dans les Alpes, dans le massif de la Grande Chartreuse, pour aider les maquis qui s'y étaient établis. Ton père avait tenu à en faire partie. Nous avions mis notre camp d'entraînement dans l'île de Hoy, qui est presque inhabitée. Tiens, si tu veux, nous pourrions y aller demain en visite. Le camp est désaffecté maintenant. Il est encore sous surveillance militaire, mais je n'aurai pas de mal à obtenir une autorisation. Un coup de téléphone suffira. Ça te dit ?

— Bien sûr.

Pendant que le ferry traversait le détroit entre les deux îles, Laurent, assis à l'arrière, voyait les têtes curieuses des phoques qui suivaient à quelques mètres, sortant de temps en temps de l'eau pour le regarder.

— Ils voient bien que tu n'es pas d'ici, dit Tom en plaisantant ; comme autrefois.

L'île de Hoy est célèbre pour un grand rocher, à son extrémité sud, qui s'élève quasi verticalement de la mer jusqu'à une hauteur de cent mètres ; une escalade obligatoire pour les alpinistes écossais. On l'appelle *the Old Man of Hoy* (« le Vieil Homme de Hoy »). Le camp était dans la colline, juste au-dessus du Vieil Homme. C'était une colline peu attirante, avec une maigre végétation, un sol gorgé d'eau. Les bottes s'enfonçaient dans la mousse ; des ruisseaux invisibles marmonnaient sous des roseaux.

Laurent rendit aussi visite au Scapa Flow, ce détroit où les sous-marins allemands, au début de la guerre, avaient réussi à pénétrer, causant de sérieux ravages dans une flotte de guerre anglaise mal préparée. Il y a encore des cadavres de navires au fond de l'eau, ou à moitié soulevés jusqu'à la surface. On visite cette espèce de musée, où des carcasses de navires allemands de la Première Guerre mondiale cohabitent avec celles de la Seconde.

Tom avait recommencé à jouer au golf. Il emmena Laurent sur son terrain. Au bord de l'eau, il y avait un bunker de dunes, semées de touffes d'herbe.

— Regarde, dit Tom.

Devant eux on voyait, les oreilles dressées, les yeux tournés vers eux, dix, vingt, cent têtes de petits lapins roux. Tom tapa du pied dans le sable. Aussitôt toutes les têtes de lapins disparurent.

— Attendons un peu.

Ils restèrent une ou deux minutes immobiles, silencieux. Peu à peu les lapins sortirent de leurs trous et recommencèrent à s'occuper de leurs affaires sérieuses de lapins, sans plus s'inquiéter de leur présence.

– Il y en a, des balles de golf, dans ces trous ! dit Tom.

Laurent se souvint des histoires que Tom lui racontait, jadis, dans une autre vie.

– C'est là que tu jouais, quand tu étais enfant ?
– C'est là.

14

Le parachutage du commando en Grande Chartreuse s'effectua sans encombre. Mais John ne resta pas avec les autres. Conduit par un maquisard, il descendit jusqu'à la ville la plus proche. Muni de faux papiers, il prit le train à Grenoble pour Lyon, où il devait entrer en contact avec les mouvements de la Résistance intérieure de la région, qui dépendaient du CNR (Comité national de la Résistance). Un rendez-vous avait été fixé pour lui dans le quartier de la Croix-Rousse. La direction du mouvement avait été décimée par l'arrestation de Marc Bloch, et il fallait absolument renouer les liens.

En arrivant à la gare de Perrache, comme le train avait eu du retard, l'après-midi était déjà avancé. Au moment de descendre sur le quai et de se joindre aux voyageurs qui se dirigeaient vers la sortie, il se rendit compte non seulement qu'on vérifiait les billets et les papiers des arrivants, mais qu'une rafle se préparait. Même au cas où sa carte aurait résisté à un premier examen, il ne pouvait courir le risque de vérifications plus poussées. Encore moins d'une fouille. Il était armé.

Il était là, sur le quai, debout, hésitant sur ce qu'il devait faire. À ce moment un cheminot, qui venait de vérifier l'état de la locomotive, lui fit un signe discret de le suivre. Il avait compris la situation. Il fit sortir John de la gare. Il était maintenant trop tard pour espérer rejoindre, avant l'heure du couvre-feu, la « planque » prévue, l'appartement d'une de ces familles qui risquaient sans cesse leur liberté et même leur vie en hébergeant des Résistants, ou des Juifs. Il lui fallait aller à l'hôtel. Il prit, derrière la gare, une chambre à l'hôtel Berlioz. L'hôtel était presque vide et il put choisir une chambre au premier étage sur l'arrière. Elle donnait sur une cour facilement accessible dont il vérifia qu'elle permettait une sortie par la maison voisine, en cas d'urgence.

Le lendemain matin, il alla en tram à son rendez-vous, qui se passa sans incident. Il était quasiment sûr de ne pas avoir été suivi. Il devait repartir le jour même, refaire le même parcours que la veille en sens inverse, et rejoindre le commando dans le maquis.

Mais que faire en attendant l'heure du train ? Errer dans les rues représentait un risque : les Allemands, de plus en plus nerveux, multipliaient les rafles, arrêtaient au hasard. John décida d'aller voir la tante Jeanne, à Caluire. Bien des fois, plus tard, au camp, ils s'étaient demandé, Tom et lui, s'il n'avait pas commis là une erreur fatale. Mais ils n'étaient arrivés à aucune conclusion. « De toute façon, avait dit Tom, si tu étais revenu nous rejoindre, tu aurais été pris avec nous dans la grotte ; tu aurais peut-être été fusillé tout de suite. Au moins, ici, on va sans doute crever de faim, mais on a encore une chance de s'en tirer. »

Quoi qu'il en soit, John s'était présenté rue de l'Oratoire, avait embrassé la tante et l'oncle, avait eu des nouvelles de sa femme et de son fils, avait bien déjeuné. Puis, sans s'attarder trop longtemps, il était parti d'un bon pas rejoindre la gare, et son train.

Il venait d'entrer dans la Grand-Rue de la Croix-Rousse quand il se rendit compte qu'il était suivi. La filature était excellente, professionnelle, devait durer depuis un moment, et c'était par miracle que John s'en était aperçu. Il pressa le pas. Son suiveur comprit qu'il était démasqué. Il se montra et montra clairement qu'il avait l'intention de l'arrêter. D'ailleurs, il y en avait un autre qui se dressait sur le chemin de John. John était venu souvent à Lyon depuis son mariage, et il connaissait les traboules, ces sentiers urbains cachés et mystérieux qui irriguent les pentes entre les deux fleuves, Saône et Rhône. Obliquant brusquement dans une ruelle, il se précipita en courant (ce n'était plus le moment de finasser) vers la plus proche porte d'immeuble qui s'ouvrait sur un de ces corridors, de ces escaliers sauveurs.

Ses poursuivants, des gestapistes sans aucun doute, affublés l'un et l'autre d'un de ces longs imperméables couleur de muraille qu'ils affectionnaient, ainsi que de chapeaux de même couleur, se précipitèrent à sa suite. Mais il était bien plus entraîné qu'eux, après les dures séances du camp de Hoy. Et il connaissait parfaitement ce terrain-là. Au début, il avait très peu d'avance. Mais au bas d'un escalier, un jeune homme qui sortait d'un appartement avec son chien se débrouilla pour envoyer l'animal (maladroitement en apparence) dans les jambes du premier Allemand, qui s'affala lourdement sur le sol. L'autre fit mine de sortir son arme et de tirer sur John. Celui qui était à terre lui fit signe que non. Ils repartirent mais ils avaient déjà pris du retard. Sur un palier, il y eut une bifurcation. L'escalier descendait à l'étage au-dessous, mais c'était une impasse. Il fallait pousser une porte, comme si on allait entrer dans un appartement. John n'avait pas hésité. Il sentit qu'il gagnait du terrain. Le bruit des pas de ses ennemis diminua, puis disparut complètement. Il continua cependant le plus vite qu'il pouvait, croisant des vieilles dames surprises, des enfants étonnés. Tous s'écartaient très vite. En fait, ce n'était pas la première fois qu'ils assistaient à une telle course dans leurs traboules. Ils se doutaient bien de ce qui devait en être la raison. John ne s'arrêta pour souffler et ne reprit un pas normal qu'en se retrouvant tout en bas, dans la rue, tout près de la place des Capucins. Et il se dirigea vers la gare.

Après avoir attendu par prudence pour entrer dans la gare qu'il ne reste que quelques minutes avant l'heure de départ de son train, il passa sur le quai, monta dans le wagon de troisième classe situé en queue, poussa la porte d'un compartiment qui semblait presque vide.

– Mais entrez donc, monsieur Akapo, dit avec un fort accent allemand l'homme qui s'y trouvait. Nous vous attendions.

Dans le couloir, derrière lui, deux autres agents de la Gestapo avaient sorti leurs armes.

Quand John se retrouva à Buchenwald, il fut pris en charge par l'organisation clandestine du camp. Il put affronter dans d'un peu meilleures conditions les premières semaines les plus terribles, les plus mortelles pour beaucoup. Tom était arrivé là peu de temps avant lui. Ils se lièrent d'amitié avec un communiste allemand, qui avait quitté l'Allemagne quand Hitler était venu au pouvoir. C'était un ancien du bataillon Thaelman : il avait combattu les nazis et les franquistes pendant la guerre d'Espagne, avait été ensuite dans la Résistance française. Capturé dans un maquis par les miliciens et livré à ses compatriotes, il avait été condamné à mort comme déserteur par un tribunal militaire ; puis gracié au nom de l'infinie indulgence du Führer et envoyé dans le camp. Il racontait que lors de son interrogatoire, on lui avait montré des photos de lui prises à Paris en 1936. Ils avaient eu des agents partout. Ils savaient tout de lui : ce qu'il avait fait, qui il avait rencontré ; etc. Il était électricien de son métier et travaillait à réparer les clôtures électriques du camp.

Pendant les longs mois de leur captivité, pendant l'hiver terrible de 1944-1945, la certitude de la victoire alliée proche rendait plus horrible encore l'idée qu'ils allaient mourir, là, au cœur de l'Allemagne avant d'être libérés. Ils se livrèrent, pour conserver leur maîtrise mentale et ne pas s'abandonner au désespoir et à la contemplation des tortures de la faim, à un exercice de mémoire : reconstituer, dans le détail, les grandes parties historiques de l'histoire du golf. Ils se rappelaient sans cesse de nouvelles circonstances, discutaient technique, cherchaient à réduire leurs points de désaccord dans le souvenir. C'était une discipline sévère.

Quelques jours avant la libération du camp, les plus dangereux, car les SS étaient devenus nerveux, Ludwig Hohl les emmena avec lui dans la cachette qu'il s'était préparée entre les deux enceintes électriques en prévision de jours semblables. Il y avait creusé un trou, et ils y restèrent plusieurs jours, se nourrissant de pissenlits et d'escargots ; jusqu'à ce que le bruit de tirs autour du camp cesse et qu'ils puissent enfin sans danger sortir de leur refuge pour trouver du secours. Tom se fit très vite reconnaître comme le colonel Wedderburn.

— Tu sais la suite.

15

Tom accompagna Laurent jusqu'à Kirkwall, où il devait prendre le bateau du retour. Ils avaient joué au golf bien sûr, visité les îles, de ferry en ferry. Laurent avait prolongé son séjour, jusqu'à ce que les « événements » de France, qu'ils suivaient à la BBC, se soient calmés. Tom n'avait fait aucun commentaire sur le métier choisi par Laurent. Il avait sans discuter admis en Laurent la même réticence à se raconter que la sienne, après des années et des années de secrets, de dissimulation. Il n'avait parlé que de la seule chose que Laurent voulait connaître : les derniers mois de la vie de son père. On était au milieu de juin. Les jours étaient infiniment longs, il n'y avait presque plus de nuit pendant les nuits : à peine une obscurité vaporeuse, baignée d'une lumière douce. Il pleuvait souvent sur la plage où Laurent marchait tôt les matins, perdu dans ses pensées, ou bavardant avec les canards. Ils se quittèrent cérémonieusement, britanniquement, sans démonstrations excessives de leurs sentiments.

Que dire ? Ils savaient qu'ils ne se reverraient jamais.

Il restait à Laurent quelques jours de congé. Il décida de les passer à Lyon. Il avait vu les lieux où son père avait vécu, pendant son entraînement aux actions de commando. Il irait suivre sa trace, en reconstituant plus ou moins imaginairement son dernier jour d'homme libre. Il s'était dit que plus tard, il se rendrait aussi à Buchenwald. Mais il ne fit jamais ce voyage-là.

La rue de l'Oratoire avait changé : autrefois bordée d'un très haut mur (très haut pour ses yeux d'enfant), cachant des jardins de villas secrètes, elle était maintenant cernée de « résidences » affreuses et prétentiardes. Le pire fut de revoir la maison de la tante. De l'extérieur. La maison était toujours là, en apparence inchangée. Il n'osa pas sonner à la porte pour demander l'autorisation de la visiter. Mais le jardin, le jardin avait totalement disparu. À sa place on avait construit des espèces de HLM haut de gamme qui dominaient la vieille maison de toute leur laideur indiscrète. Il ne s'attarda pas à cette vision décourageante mais entreprit de refaire le parcours du jour fatal tel qu'il se le représentait d'après le récit de Tom. Il connaissait chacun des itinéraires possibles. Il voyait distinctement l'endroit où son père avait abouti, après avoir dévalé la pente. Il avait pensé à deux, trois chemins vraisemblables. Mais presque tout de suite il vit que, là aussi, tout avait changé. La plupart des traboules avaient disparu, coupées, effacées par les constructions nouvelles. Des immeubles étaient maintenant inaccessibles, des maison entières avaient été abattues, des passages de cour à cour murés. Il ne reconnaissait presque rien. Il descendit tant bien que mal depuis la Croix-Rousse, découragé.

Il passa une nuit à l'hôtel Berlioz, dans une chambre qui aurait pu être celle où avait dormi son père ; c'était celle-là peut-être ; mais peut-être pas. Il ne saurait jamais. Et même s'il avait su, en aurait-il éprouvé le moindre réconfort ? L'hôtel avait été rénové ; c'était un « deux étoiles » maintenant, assez confortable. Allongé sur l'oreiller anonyme du lit anonyme de la chambre anonyme dans la nuit qui n'est à personne, il ne parvenait pas à s'endormir. Il se demandait à quoi son père avait pensé, pendant sa dernière nuit d'homme libre et entier. À sa famille ? À lui, Laurent ? Et soudain les images du passé se présentèrent en foule, sans aucun ordre, impérieuses, douloureuses. Il voyait son père, mais il n'était plus sûr de le reconnaître. Le visage du Tom d'aujourd'hui, du Tom vieilli, aux cheveux blancs, à la vie doucement finissante dans le golf, le whisky et la musique chypriote, après avoir avalé tant d'aventures, se superposait à celui des premieres années, sur les greens, devant le bunker. Laurent pensait à sa mère, et il ne parvenait plus à revoir ses traits. Et tout ce temps,

traversant le champ de sa vision mentale, comme
des éclairs zèbrent un ciel d'orage, des balles et des
balles de golf passaient, blanches, l'une après
l'autre, en trajectoires extravagantes, tantôt minuscules, tantôt énormes.

À quoi lui avait donc servi ce voyage ? Sa douleur
n'avait pas été exorcisée. Elle était là toujours, brû-
lante dans sa poitrine. Il avait les yeux secs, mais
sa pensée tout entière était trempée de larmes.

Dans le train de Bordeaux, des jeunes gens,
garçons et filles, des étudiants encore pleins de
l'excitation des barricades du Quartier latin à Paris,
ou sur les ponts de Lyon, chantaient, chahutaient,
riaient. Ils s'en allaient vers les plages dont le sable,
disait-on, couvrait maintenant les pavés. Laurent
les regardait sans les comprendre. Il avait trente-
cinq ans, il était plus vieux qu'eux de dix, quinze
années, mais il avait l'impression d'être éloigné
d'un siècle entier, et de milliers de kilomètres. Deux
vieilles dames renfrognées dans le compartiment
lisaient ostensiblement *Le Figaro*, satisfaites de la
victoire encore toute récente de la « majorité silen-
cieuse » sur ces énergumènes.

16

Il rentra à B., reprit son poste de caddy modèle. Rien n'avait changé dans ses habitudes. Son œil était toujours vif. Plus encore que pendant son adolescence et sa jeunesse, il savait juger le trajet des balles sans se tromper, d'un seul coup d'œil. Pas une ne lui échappait. Il était devenu si expert qu'il pouvait dénicher jusqu'à trois ou quatre balles par jour. Dans toutes les villas et maisons proches du terrain on le connaissait et on lui ouvrait bien volontiers quand il arrivait, poli, l'air sérieux, tout préoccupé de sa quête. Il ne s'intéressait aux parties que d'un seul point de vue : celui des coups ratés. C'est pourquoi il préférait éviter les bons joueurs, et encore plus les champions. Il n'avait pas son pareil pour juger des capacités dispersives d'un débutant. On disait même qu'il était capable d'influencer les balles pour qu'elles s'en aillent hors-limites, ou s'égarent dans le sable, dans l'herbe, dans l'eau. On disait encore, avec malveillance cette fois, qu'il portait la poisse, qu'il avait

« le mauvais œil ». Mais dans l'ensemble il était plutôt sympathique à ses collègues, les autres caddies. Il y avait si longtemps qu'il hantait le terrain, il faisait partie du décor. Il connaissait tout ce qu'il y avait à savoir du fonctionnement de cet organisme complexe, une société de golf. On le consultait. Il passait, en somme, pour un original. Il était sans doute « frappé », mais inoffensif. Il ne se liait à personne. On ne le dérangeait pas. On voyait bien qu'il emportait des balles chez lui, on se demandait ce qu'il pouvait en faire. On lui facilitait bien un peu la tâche mais sans trop le montrer car il négligeait ostensiblement les balles qu'on avait fait exprès de perdre.

Cependant NO, ayant hérité de son père, s'était assagi ; c'était maintenant lui le grand chocolatier du boulevard de la Reine-V. Marie-Ange avait pris place à la caisse du magasin principal. Sa belle-mère avait émigré vers des cieux plus ensoleillés, avec un jeune homme encore plus jeune que NO quand il était jeune homme. Mme Couarat la Nouvelle, comme on disait (comme on avait dit Mme Couarat la Jeune, après la mort de la mère de NO et le remariage de son père) avait pris l'air revêche, comme autrefois la première des madames Couarat. Sans doute cela venait de la fonction. Laurent n'entrait jamais dans le magasin. NO ne venait plus le voir qu'une, deux fois par an.

Quand il revenait chez lui le soir, après le travail, ayant fait le tour de tous les endroits où il savait, soupçonnait ou espérait qu'il pourrait enrichir son butin, il commençait par se livrer à quelques activités domestiques, dans l'aile *Voici* de la villa où il vivait. Ses gestes étaient immuables, mécaniques, lents, soignés. Il nettoyait, balayait, rangeait, se douchait dans la salle de bains du premier étage, à côté de sa chambre. Sa chambre était blanche, presque nue : un lit bas, une commode, une chaise, une lampe ; pas de reproductions aux murs. Sur le dessus de la commode, le club historique qui avait appartenu à son père ; et une photographie de ses parents, prise peu après leur mariage, dans le jardin de Lyon. John et Éléonore Akapo sont debout au pied d'un mûrier. John est à la droite d'Éléonore. Il a passé son bras autour des épaules de sa femme. Il sourit ; elle sourit. La photographie, prise par l'oncle (?), est un peu de travers, un peu floue. Le tirage, pas très réussi, a été effectué par A. GAMMONET, photographe d'art, 86 avenue de Saxe, Lyon. C'est ce qu'on vérifierait en retournant la photo et en lisant ce qui est écrit derrière. On lit aussi, au crayon :

Développements :	1	2,40
Impressions :	8	5,60
Agrandissements :		
Total à payer :		8,00

Mais Laurent ne retournait pas la photo. Il ne la regardait pas non plus. Au pied du lit, il y avait un ou deux livres, des romans policiers le plus souvent. Pas de bibliothèque dans la chambre. Il ne gardait pas un livre quand il l'avait lu. Il le revendait, ou le donnait, ou l'abandonnait sur un banc, dans un parc. En arrivant, il avait posé son sac avec sa « récolte » du jour sur la chaise. Il venait le rechercher après son dîner, qu'il prenait dans la cuisine. Il mangeait lentement, ayant cuisiné minimalement. Il mangeait sans y penser, sans faire trop attention. Son livre était posé sur la table, à côté de son assiette. Jamais un journal. Il lavait sa vaisselle tout de suite, l'essuyait tout de suite, la rangeait. Il ne nourrissait pas les oiseaux. Ni les chats.

Enfin, son sac à la main, il passait dans l'aile *Voilà* et se rendait dans la pièce où se trouvait sa collection de balles, son « œuvre en cours », son labeur. Il vaudrait mieux dire *les* pièces ; car il y avait longtemps que les murs du bureau de son père avaient été remplis, de bas en haut et de long en large. Il avait été obligé de continuer ailleurs.

Il sortait la ou les balles nouvelles du sac. Et il commençait alors à accomplir son rituel quotidien. Il vérifiait le numéro de la dernière balle posée la veille, peint en bleu sur une languette de carton en dessous, suivi de la date. Une vérification inutile, car il s'en souvenait parfaitement. Mais il n'omettait jamais ce coup d'œil de vérification. Il préparait avec soin le support de la balle, faisait disparaître les signes de son identification (marque, numéro) en la recouvrant de peinture blanche ; puis il la collait sur le carton, blanc aussi ; encollait le carton derrière, et disposait le tout sur le papier peint (blanc) du mur, à la suite dans la rangée de balles en cours ; ou bien, si l'angle d'un mur avait été atteint, au début d'une nouvelle rangée. Dans chaque pièce, chaque pièce vidée de tout meuble, recouverte du même papier peint blanc, il commençait toujours de la même manière, à gauche de la porte d'entrée, en haut, le plus près possible du plafond, et avançait en tournant, pour terminer à droite de la porte. Il remplissait un à un les murs. Chaque mur achevé était un panneau entièrement recouvert de balles de golf posées sur fond blanc et numérotées chacune en bleu (les dates en noir). Pour les rangées du haut il montait sur un escabeau. Il alignait soigneusement les balles, ne se trompait jamais, ne se trompait jamais non plus dans la numérotation. Il notait les nombres de chaque balle, non pas en chiffres, mais en mots : trente trois mille cinquante-trois, par exemple ; vingt-six mille neuf cent quatre-vingt-dix-neuf. Et ces mots n'étaient ni du français, ni de l'anglais, mais du basque. Chaque fois qu'il peignait le nombre caractéristique d'une balle, il disait à haute voix ce nombre, dans la même langue (où il ne savait que cela :

compter) ; lentement et distinctement. Car il avait pris l'habitude de compter en peignant. Il peignait le nombre d'une balle et en même temps il le disait, à haute voix ; puis il disait la date du jour. Il comptait en basque, disait la date en anglais. Toutes les fenêtres, s'il y avait des fenêtres dans la pièce, étaient fermées, les volets clos. Il y avait une et une seule lumière : une ampoule nue au plafond. À mesure que le temps passait, les nombres étaient de plus en plus longs, tenaient de plus en plus de place sur les murs, les balles étaient de plus en plus espacées. Quand il n'aurait plus de place dans les pièces, il remplirait les corridors ; mais ne pensait pas avoir à en venir là. La villa était grande. En 1968, après son retour d'Écosse et de Lyon, il décida de blanchir peu à peu ses nombres et ses dates ; de bleu et de noir ils, elles tendraient vers le blanc ; et la dernière indication serait aussi blanche que le blanc de la dernière balle. Il parlerait les nombres à voix de plus en plus basse, jusqu'au silence absolu. Quand il aurait fini, il détruirait cette décoration étrange et compliquée. Il décollerait une à une les balles en procédant en sens inverse de la numérotation, remontant de la dernière jusqu'à la première. Il entasserait les balles dans des sacs-poubelles noirs de cent cinquante litres, louerait une camionnette avec un chauffeur (il ne savait pas conduire), ferait décharger le tout sur la pelouse de la magnifique demeure de NO, lui demanderait de compter, de vérifier que le compte y était, de lui signer un papier qu'il avait rédigé, dont il avait soupesé tous les termes, déclarant qu'il avait, lui, Laurent Akapo, tenu la promesse faite à Norbert Couarat en 1944. La vision imaginée de ce moment le soutenait ; parfois.

En 1983, il eut cinquante ans. Le personnel du golf se cotisa, et on lui offrit une boîte de balles, des balles de luxe. Il fut ému ; remercia. Mais il n'intégra pas ces balles à sa collection.

17

La catastrophe frappa Laurent en 1989.

Le golf fut racheté par un consortium, une multinationale. Laurent Akapo, comme une bonne partie du personnel, fut licencié. Il eut beau supplier le caddy-master, il n'y eut rien à faire.

À ce moment il en était arrivé au nombre quarante-neuf mille cinquante-trois.

Complètement affolé, dans un moment de faiblesse, il alla voir NO et lui demanda de se contenter des balles que lui, Laurent, avait déjà obtenues. NO se mit à rire et le renvoya.

Il avait vieilli d'un coup.

Il allait et venait maintenant tout autour du golf, avec une petite poussette ; il tenait dans sa main une longue gaffe, avec laquelle il faisait passer les balles qui étaient restées coincées dans les buissons, après avoir rebondi sur le grillage. Jour après jour, il faisait le tour des villas de l'avenue et des rues limitrophes ; le plus souvent on l'autorisait à fouiller dans les jardins ; on le savait fou, mais sans méchanceté.

Trois mois après la mise à la retraite de son vieux copain, NO brusquement mit en vente sa chocolaterie et ouvrit un restaurant juste à côté du club de golf, en haut de l'avenue. Il prit l'habitude de suivre Laurent dans sa tournée, le soir, un cigare à la main. Ils n'échangeaient pas un mot. Tous les jours, il lui demandait où il en était. Laurent ne répondait pas. Dans la villa, sur les murs, les nombres peints étaient de plus en plus pâles. La voix de Laurent n'était plus qu'un murmure. Contrairement à ce qu'on aurait pu penser, il progressait en fait assez vite, car il pouvait y passer tout son temps.

En 1994, Laurent Akapo franchit le cap des cinquante-cinq mille. La fin, pensa-t-il, était proche. Il aurait encore quelques années pour jouir de sa retraite.

18

Au mois de janvier 1995, il se rendit compte qu'il perdait la vue.

À ce moment il lui restait trois cent dix-sept balles à trouver.

Pour lutter contre la baisse de son acuité visuelle, il n'y avait qu'une solution possible : chercher chaque jour plus longtemps ; mordre sur les heures de repos, sur les heures d'obscurité. Il acheta une lampe de poche puissante et se mit à fouiller frénétiquement la nuit.

Peindre les chiffres presque blancs de ses yeux presque aveugles, de sa main tremblante, dans le grenier de sa maison, lui demandait un effort surhumain.

Il avançait.

En septembre il ne lui en restait plus qu'une dizaine à trouver.

Le 11 novembre il peignit le chiffre cinquante-cinq mille cinq cent cinquante-trois. Il n'en manquait plus que deux.

Le lendemain il trouva l'avant-dernière balle, à minuit, blanche, éblouissante, devant lui, dans le caniveau.

Puis rien.

Rien, pendant tout ce qui restait de novembre, pendant les premières semaines de décembre. Il eut beau multiplier les recherches, cesser presque de dormir, fouiller tous les recoins ; pas une seule balle n'apparut ; c'était comme si les golfeurs avaient cessé brusquement de jouer ; comme s'il avait un rival plus jeune, plus habile, aux yeux plus neufs, comme si...

Et la terrible vérité lui apparut.

C'était NO qui passait avant lui et ramassait toutes les balles !

La veille de Noël il neigea. Toute la soirée du réveillon et toute la matinée il fouilla dans la neige qui l'éblouissait ; en vain ; et voilà qu'il y en avait là une, sur le trottoir, parfaitement visible, insolemment visible. Sa quête était terminée.

Mais au moment où il tendait la main pour la saisir, elle lui fut dérobée.

Il se releva. Norbert Couarat était devant lui.

— Tiens, prends-la, prends-la, ta dernière balle.

— Mais je ne peux pas ; ce n'est pas moi qui l'ai trouvée !

— Comme tu voudras, dit NO, jetant la balle

très loin en l'air de l'autre côté de la grille du terrain de golf, comme tu voudras ; en tout cas, je te dispense de la dernière, je me contenterai des cinquante-cinq mille cinq cent cinquante-quatre autres.

« Mais, tu sais, ajouta-t-il au moment de s'éloigner, même si tu n'as pas vraiment fini, en fait ça ne fait rien. Ce n'est pas moi qui ai prévenu ton père, ce jour-là, du piège des Allemands ; je suis rentré chez moi tranquillement. Ton père, en fait, au dernier moment s'était méfié, il n'était pas venu au rendez-vous avec le correspondant de Londres, un agent double,

mon père.

Il ne fallait pas te donner tout ce tracas. »

DU MÊME AUTEUR

ε
Gallimard, 1967

Mono no aware :
Le sentiment des choses
(cent quarante-trois poèmes empruntés au japonais)
Gallimard, 1970

Trente et un au cube
Poésie
Gallimard, 1973

Autobiographie, chapitre dix
Poésie
Gallimard, 1977

Graal Fiction
Gallimard, 1978

La Vieillesse d'Alexandre :
Essai sur quelques états récents du vers français
Maspéro, Action poétique, 1978
Ramsay, 1988

Dors, *précédé de* Dire la poésie
Gallimard, 1981

Les Animaux de tout le monde
Poèmes illustrés par
Marie Borel et Jean-Yves Cousseau
Ramsay, 1983
Édition augmentée, Seghers, 1990

La Belle d'Hortense
Ramsay, 1985
Seghers, 1990
Seuil, « Points », n° 202

Quelque chose noir
Poésie
Gallimard, 1986

La Fleur inverse :
Essai sur l'art formel des troubadours
Ramsay, 1986
Les Belles-Lettres, 1994

L'Enlèvement d'Hortense
Ramsay, 1987
Seghers, 1991
Seuil, « Points », n° 212

Partition rouge
(en collaboration avec Florence Delay)
Seuil, « Fiction & Cie », 1988
et « Points Sagesse », n° 87

Le Grand Incendie de Londres :
Récit, avec incises et bifurcations, 1985-1987
Seuil, « Fiction & Cie », 1989

Échanges de la lumière
Essai
Métailié, 1990

L'Héxaméron
(en collaboration)
Seuil, « Fiction & Cie », 1990

L'Exil d'Hortense
Seghers, 1990
Seuil, « Points », n° 224

Les Animaux de personne
poèmes illustrés par Marie Borel
et Jean-Yves Cousseau
Seghers, « Volubile », 1991

La Pluralité des mondes de Lewis
Poésie
Gallimard, 1991

L'Invention du fils de Leoprepes
Essai
Circé, 1993

La Boucle
Seuil, « Fiction & Cie », 1993

Poésie etcetera, ménage
Essai
Stock, 1995

L'Abominable Tisonnier de John McTaggart,
Ellis McTaggart,
et autres Vies plus ou moins brèves
Seuil, « Fiction & Cie », 1997

Mathématique :
Seuil, « Fiction & Cie », 1997

*Cet ouvrage a été composé
par Charente-Photogravure,
L'Isle d'Espagnac*